罗立刚◎编注

长恨此身非我有·豪放词

人民文学出版社

图书在版编目(CIP)数据

长恨此身非我有:豪放词/罗立刚编注.
—2版.—北京:人民文学出版社,2016
(恋上古诗词:版画插图版)
ISBN 978-7-02-012213-4

Ⅰ.①长… Ⅱ.①罗… Ⅲ.①豪放派-词(文学)-
诗歌欣赏-中国-古代 Ⅳ.①I207.23

中国版本图书馆 CIP 数据核字(2016)第 278189 号

责任编辑:李　俊　吴柯静
特约策划:尚　飞
装帧设计:高静芳

出版发行　人民文学出版社
社　　址　北京市朝内大街 166 号
邮政编码　100705
网　　址　http://www.rw-cn.com

印　　刷　山东德州新华印务有限责任公司
经　　销　全国新华书店等

开　　本　890 毫米×1240 毫米　1/32
印　　张　10.75
插　　页　2
字　　数　180 千字
版　　次　2010 年 4 月北京第 1 版　2017 年 1 月北京第 2 版
印　　次　2017 年 1 月第 1 次印刷

书　　号　978-7-02-012213-4
定　　价　38.00 元

如有印装质量问题,请与本社图书销售中心调换。电话:010-65233595

前　言

　　词肇始于唐,大盛于两宋,衰于元明,中兴于清,延而至于现当代,不绝如缕。词学研究,也自宋后,总体呈不断繁盛之势。伴随着词学繁荣,反映各种词学思想与主张的选本也不断出现,且越来越丰富,用"汗牛充栋"一词形容,绝不过分。

　　就目力所及,今人多喜断代选词,标"唐宋"者多,识"明清"者少,贯通历朝历代之选偶或一见,以词体美学特征分类者更少。业师培均先生曾应出版社之约,与邓乔彬先生奋力为之,分别成《婉约词萃》、《豪放词萃》,产生积极影响。本人今因其轨辙,再作省减,成此二册。

　　当然,唐宋时期为词兴起与繁荣之时,名家杰作甚众,入选者便多;元明词衰,所选便少,虽或有头重之嫌,却正是尊重词史之意。

　　古人玩词,今人赏词,最终总离不了审美品鉴。历代名词佳作,备受前人关注,品鉴文字实多,今人面对诸多风格迥异的名篇,欲求其精髓,以这类品鉴文字指点迷津,可谓捷径。编选者花相当精力搜集并筛选前人代表性品鉴文字,择其精而不求其全,附列诸词之后,用意正在于此。

　自明人分词为婉约、豪放二体以清理词史,延续至今,遂成共识。至于二体区别,词学专家已辨析毫芒,一般读者也自有主张,不必在此赘言。本次整理,便依从传统二分的方法,成《豪放词》《婉约词》二书,相互比对,希望可以给读者一个更加鲜明的印象。当然,这种就体分词的方法,绝非完美,一些闲雅韶秀之作,便难归入,某些作品竟不得不割爱。这是编者的尴尬。

目 录

1

李白 (701—762)字太白,自号青莲居士。其先世陇西成纪(今甘肃秦安附近)人。后移居绵州昌明(今四川江油)。二十五岁时离蜀,开始长期漫游生活。曾入长安为供奉翰林,因被权贵谗毁弃官离去。安史乱起,永王李璘辟为幕僚,永王兵败,受累长流夜郎(今贵州东部一带)。中途遇赦东还,病殁于当涂(今安徽马鞍山市)。能诗,风格豪迈奔放,飘逸自然,有"诗仙"之誉。

忆秦娥

萧声咽,秦娥梦断秦楼月①。秦楼月,年年柳色,灞陵伤别②。　　乐游原上清秋节③,咸阳古道音尘绝。音尘绝,西风残照,汉家陵阙。

注释

① 秦娥:《列仙传》卷上载,春秋时萧史善吹箫作凤鸣。秦穆公以女弄玉嫁之。一夕,夫妇于楼头吹箫引来凤凰,载二人飞去。萧史夫妇所居之楼即称秦楼。秦娥即弄玉,这里泛指长安女子。

② 灞陵:汉文帝陵,在长安东郊,旁有灞桥。唐人送人东行,多于此饯别。

③ 乐游原:在长安东南郊,登之可观全城,为当时游览胜地。

《忆秦娥》（箫声咽）

辑评

宋黄昇《唐宋诸贤绝妙好词选》卷一:(《菩萨蛮》、《忆秦娥》)二词为百代词曲之祖。

明沈际飞《草堂诗余正集》卷一:太白此词,有林下风气。《忆秦娥》词,故是闺房之秀。

明卓人月、徐士俊《古今词统》卷五:悲凉跌宕,虽短词,中具长篇古风之意气。

清刘熙载《艺概·词曲概》:梁武帝《江南弄》、陶弘景《寒夜怨》、陆琼《饮酒乐》、徐孝穆《长相思》,皆具词体,而堂庑未大。至太白《菩萨蛮》之繁情促节,《忆秦娥》之长吟远慕,遂使前此诸家悉归环内。

又:太白《菩萨蛮》、《忆秦娥》两阕,足抵少陵《秋兴》八首。想其情境,殆作于明皇西幸后乎?

清孙麟趾《词迳》:何谓浑?如"西风残照,汉家陵阙",皆以浑厚见长也。词至浑,功候十分矣。

清黄苏《蓼园词评》:此乃太白于君臣之际,难以显言,因托兴以抒幽思耳。言至今箫声之咽,无非秦地女郎梦想从前秦楼之月耳。夫秦楼乃箫史与弄玉夫妇和谐,吹箫引凤升仙之所。至今谁不慕之?岂知今日秦楼之月,乃是灞陵伤别之月耳。第二阕,汉之乐游原,极为繁盛。今际清秋古道之音尘已绝,惟见淡风斜日,映照陵阙而已。叹古道之不复,或亦为天宝之乱而言乎?然思深而托兴远矣。

王国维《人间词话》:太白纯以气象胜。"西风残照,汉家陵阙",寥寥八字,遂关千古登临之口。后世唯范文正之《渔家傲》、夏英公之《喜迁莺》,差足继武,然气象已不逮矣。

张志和 (730?—810?)初名龟龄,字子同,号玄真子。金华(今浙江金华)人。唐肃宗时待诏翰林。后隐居江湖,自称烟波钓徒。擅长音乐、书画。有《玄真子》三卷。今存词五首。

渔歌子

西塞山前白鹭飞①,桃花流水鳜鱼肥②。青箬笠③,绿蓑衣,斜风细雨不须归。

注释

① 西塞山:在今浙江湖州西南。
② 鳜(guì)鱼:即桂鱼,肉味鲜美。
③ 箬(ruò)笠:用箬竹叶或竹篾编成的斗笠。

辑评

宋黄昇《唐宋诸贤绝妙好词》卷一:极能道渔家事。

明胡应麟《诗薮》外编卷二:是中唐语。

清许昂霄《词综偶评》:涪翁称其有"远韵",信然。

清刘熙载《艺概》卷四:风流千古。东坡尝以其成句用入《鹧鸪天》,又用于《浣溪沙》,然其所足成之句,犹未若原词之妙通造化也。

《渔歌子》（西塞山前白鹭飞）

清黄苏《蓼园词评》:黄山谷曰:有远韵。按:数句只写渔家之自乐其乐,无风波之患。对面已有不能自由者,已隐跃言外,蕴含不露,笔墨入化,超然尘埃之外。

清张德瀛《词徵》卷一:《考盘》乐志也。又卷五:所制《渔歌子》词,凡五阕,"西塞山前"一阕,世尤称之。其时子同弟松龄及南卓、柳宗元、颜真卿、陆鸿渐、徐士衡、陆成矩并有和章。

刘禹锡 (772—842)字梦得,洛阳(今属河南)人。贞元九年(793)进士,登博学宏词科。参与王叔文"永贞革新",失败后被贬朗州司马。终官太子宾客,加检校礼部尚书。有《刘梦得文集》。

浪淘沙

九曲黄河万里沙①,浪淘风簸自天涯。如今直上银河去,同到牵牛织女家②。

注释

① 九曲黄河:《天中记》卷九记:"九曲黄河出昆仑东北角刚山东,……然河水九曲,其长九千里入渤海。"

② "如今"二句:据《荆楚岁时记》载,汉武帝命张骞寻黄河源头,竟乘槎至天上牵牛、织女处。

牛峤 (850?—920?)字松卿，一字延峰。陇西(今甘肃)人。乾符五年(878)进士，历官至校书郎。王建蜀中称帝，拜给事中。今存词三十二首，见《花间集》。近人王国维辑成《牛给事词》。

定西番

紫塞月明千里①，金甲冷②，戍楼寒③，梦长安。乡思望中天阔，漏残星亦残④。画角数声呜咽⑤，雪漫漫。

注释

① 紫塞：晋人崔豹《古今注》卷上："秦筑长城，土色皆紫，汉塞亦然，故称紫塞焉。"

② 金甲：铠甲。

③ 戍楼：边关营垒的望楼。

④ 漏残：谓夜将尽，天将亮。漏，古代铜壶滴漏的计时器。

⑤ 画角：古代军中乐器名，发音哀厉高亢。以竹木为之，外加彩绘，故名。

辑评

明卓人月、徐士俊《古今词统》卷三：是盛唐诸公塞下曲。

清冯金伯《词苑萃编》卷之三引陆游语：牛峤《定西番》为塞

下曲,《望江怨》为闺中曲,是盛唐遗音。

李冰若《栩庄漫记》:塞外荒寒,征人梦苦,跃然纸上。此亦一穷塞主乎?

俞陛云《唐五代两宋词选释》:唐五代时,边患迄无宁岁。诗人边塞之作,辄为思妇、征夫写其哀怨。夜月黄沙,角声悲奏,最易动战士之怀。如"碛里征人三十万,一时回首月中看"及"落日秋原画角声"句,皆状绝塞悲凉之景。此词之"紫塞月明"、"角中呜咽",亦同此意也。

毛文锡 (生卒年不详)字平珪,高阳(今属河北)人。年十四登进士第,已而入蜀,事前蜀高祖王建,官至司徒。又事后蜀主孟昶,以小词见赏。今存词三十二首,近人王国维辑有《毛司徒词》。

甘州遍

秋风紧,平碛雁行低①,阵云齐②。萧萧飒飒,边声四起③,愁闻戍角与征鼙④。 青冢北⑤,黑山西⑥,沙飞聚散无定,往往路人迷。铁衣冷,战马血沾蹄,破蕃奚⑦。凤凰诏下⑧,步步蹑丹梯⑨。

注释

① 碛(qì):浅水中的沙石。

② 阵云:战地上空的云。

③ 边声:边关地带的各种声音,如马嘶、风吼、战鼓声等。

④ 征鼙(pí):军鼓。

⑤ 青冢:汉代王昭君墓,在今内蒙古呼和浩特市南。相传冢上草色常青,故名。

⑥ 黑山:在今陕西榆林西南。

⑦ 蕃奚:奚为古代我国东北一少数民族名,唐时与契丹一起被

称为"两蕃"。

⑧ 凤凰诏：皇帝的诏书，又叫凤诏。

⑨ 蹑(niè) 丹梯：指登上朝堂，身居要职之意。蹑，踏。丹梯，红
色的台阶。喻仕进之路。

辑评

清陈廷焯《词则·放歌集》卷一：结以功名，鼓战士之气。

李冰若《栩庄漫记》：描写边塞荒寒，景象颇佳。词亦无死
声，佳作也。

敦煌曲子词 十九世纪末,在敦煌鸣沙山石窟中发现大量沉埋千年之久的珍贵文物,其中包括一些流行于唐五代时期的曲词,填补了词史上一段空白,学界将这些曲词称为敦煌曲子词。其作者或为边客游子,或为朝臣官宦,或为学子佛徒,甚至有医生、隐君子之流,内容也是五花八门,十分丰富。具体创作年代多不可考,大约多在晚唐五代间。近人王重民辑有《敦煌曲子词集》,收词一百六十一首,较有代表性。

生查子

三尺龙泉剑①,匣里无人见。一张落雁弓②,百只金花箭。   为国竭尽忠,苦处曾征战。先望立功勋,后见君王面。

注释

① 龙泉:古宝剑名。《晋书·张华传》载:"斗牛之间,常有紫气,(张)华闻雷焕妙通象纬,即补焕为丰城令。焕到县,掘狱屋基得双剑,一曰龙泉,一曰太阿。其斗牛间气,不复见焉。"

② 落雁弓:代指良弓。《战国策·楚策四》载:"更羸与魏王处京台之下,仰见飞鸟,更羸谓魏王曰:'臣为王引弓虚发而下鸟。'……有间,雁从东方来,更羸以虚发而下之。"

辑评

任半塘《敦煌歌词总编》卷二:曾经苦战,已竭忠贞,依然匣里龙泉,韬而不显,此作者之所不平。可贵者,他们并不气馁,继续争取前程,望大勋、蒙召见。词明明曰"先望",与"后见"是尚在劳而无功之中。问题乃唐室军制对士卒罚严恩薄,甘言以募新,不赏使兵老耳。仅就诗人篇咏中验之,已可概见。

范仲淹 (989—1052)字希文,其先邠(在今陕西省)人,后徙苏州吴县(今属江苏)。大中祥符八年(1015)进士。官至枢密副使、参知政事。曾守陕西边陲,西夏不敢犯。著有《范文正公文集》。其词有辑本《范文正公诗余》。

渔家傲①

塞下秋来风景异②,衡阳雁去无留意③。四面边声连角起。千嶂里④,长烟落日孤城闭。　　浊酒一杯家万里,燕然未勒归无计⑤。羌管悠悠霜满地⑥。人不寐,将军白发征夫泪!

注释

① 作者曾于宋仁宗康定元年(1040)任陕西经略安抚副使兼知延州(治所在今陕西延安),守边四年。词即作于此时。

② 塞下:边境驻防要地,这里指西北边疆地区。

③ 衡阳:在今湖南。其城南有回雁峰,峰形如回旋之雁。相传大雁至此不再南飞。

④ 嶂:直立如屏障的山峰。

⑤ 燕然未勒:燕然,山名,即今杭爱山,在今蒙古人民共和国境内。《后汉书·窦宪传》载,窦宪出击匈奴,追北单于,"登燕

《渔家傲》（塞下秋来风景异）

然山,去塞三千里,刻石勒功"而还。勒,刻。

⑥ 羌管:羌笛,古时源于羌(古代西北少数民族)的一种乐器。

辑评

宋魏泰《东轩笔录》卷十二:范文正公守边日,作《渔家傲》乐歌数阕,皆以"塞下秋来"为首句,颇述边镇之劳苦。欧阳公尝呼为穷塞主之词。

清黄苏《蓼园词评》引明沈际飞语:希文道德未易窥,事业不可笔记。"燕然未勒"句,悲愤郁勃,穷塞主安得有之。

又黄苏按:文正当西夏坐大,因自请出镇以制之。所谓"军中有一范,西贼闻之惊破胆"者也。至今读之,犹凛凛有生气。

清彭孙遹《金粟词话》:范希文《苏幕遮》一调,前段多入丽语,后段纯写柔情,遂成绝唱。"将军白发征夫泪",亦复苍凉悲壮,慷慨生哀。……穷塞主故是雅言,非实录也。

清沈谦《填词杂说》:小令、中调有排荡之势者,吴彦高之"南朝千古伤心事"、范希文之"塞下秋来风景异"是也。……于此足悟偷声变律之妙。

清贺裳《皱水轩词筌》:此深得《采薇》、《出车》、"杨柳"、"雨雪"之意。

柳永 (? —1053?)字耆卿,初名三变。崇安(今属福建)人。为举子时,多游狭邪,于仕途甚不得志,只作过屯田员外郎一类小官,世称柳屯田。精晓音律,长于慢词。教坊乐工每得新谱,多求他填词,必能流行。当时曾出现"凡有井水饮处,即能歌柳词"(《避暑录话》)盛况。有《乐章集》,存词近二百首。

望海潮

　　东南形胜,三吴都会①,钱塘自古繁华。烟柳画桥,风帘翠幕,参差十万人家②。云树绕堤沙,怒涛卷霜雪,天堑无涯③。市列珠玑④,户盈罗绮,竞豪奢。　　重湖叠巘清嘉⑤,有三秋桂子,十里荷花。羌管弄晴,菱歌泛夜,嬉嬉钓叟莲娃⑥。千骑拥高牙⑦,乘醉听箫鼓,吟赏烟霞⑧。异日图将好景,归去凤池夸。

注释

① 三吴:指吴兴郡、吴郡、会稽郡。

② 参差:此指楼宇高低错落。

③ 天堑:天然的沟坑险阻。此指钱塘江。

④ 珠玑:泛指珍宝。玑,不圆的珍珠。

⑤ 重湖:西湖被白堤分为里、外二湖,故称重湖。叠巘(yǎn):重叠的山峰。清嘉:秀美。

⑥ 莲娃:采莲女。

⑦ 高牙:高扬的牙旗,古将军之旗,竿上以象牙为饰。

⑧ 烟霞:水光山色。

辑评

宋杨湜《古今词话》载:"柳耆卿与孙相何为布衣交。孙知杭州,门禁甚严,耆卿欲见之不得,作《望海潮》词,往谒名妓楚楚曰:'欲见孙相,恨无门路。若因府会,愿借朱唇歌于孙相公之前。若问谁为此词,但说柳七。'中秋府会,楚楚宛转歌之,孙即日迎耆卿预坐。"

宋罗大经《鹤林玉露》丙编卷一:余谓此词虽牵动长江之愁,然卒为金主送死之媒,未足恨也。至于荼艳桂香,妆点湖山之清丽,使士大夫流连于歌舞嬉游之乐,遂忘中原,是则深可恨耳。

清叶申芗《本事词》卷上:耆卿与孙相何为布衣交。孙镇杭日,门禁甚严,柳欲进谒,门吏不为通刺。乃制《望海潮》词,诣名妓楚楚曰:"欲见孙相不得通,若因府会,愿朱唇为歌此词。倘询谁作,但云柳七耳。"适中秋夜宴,楚为宛转歌之。果询谁作,答以柳七,孙即席延柳预宴。其词云(略)。然此词传播,致启金海陵立马吴峰之志,又追咎于歌咏之工也已。

清王闿运《湘绮楼评词》:此则宜于红氍上扮演,非文人声口。

又：此时凤池可望江潮。

张德瀛《词徵》卷六：孙何帅钱塘，柳耆卿作《望海潮》赠之。有"三秋桂子，十里荷花"之语，金主亮闻之，遂起投鞭渡江之志。

八声甘州

对潇潇暮雨洒江天，一番洗清秋。渐霜风凄紧，关河冷落，残照当楼。是处红衰翠减①，苒苒物华休②。惟有长江水，无语东流。　　不忍登高临远，望故乡渺邈③，归思难收。叹年来踪迹，何事苦淹留④？　想佳人妆楼颙望⑤，误几回、天际识归舟。争知我、倚阑干处，正恁凝愁⑥。

注释

① "是处"句：到处都是衰败之景。是处，到处，处处。红衰翠减，花残叶落景象。语本唐李商隐《赠荷花》诗："此荷此叶常相映，翠减红衰愁煞人。"

② 苒(rǎn)苒：渐渐。

③ 渺邈：遥远。

④ 淹留:滞留、停留。

⑤ 颙(yóng)望:仰望、企望。

⑥ 凝愁:愁情萦怀不解,深愁。

辑评

宋赵令畤《侯鲭录》卷七:东坡云:"世言柳耆卿曲俗,非也。如《八声甘州》之'霜风凄紧,关河冷落,残照当楼',此语于诗句不减唐人高处。"

明杨慎《词品》卷三:《草堂诗余》不选此,而选其如"愿奶奶兰心蕙性"之鄙俗,及"以文会友"、"寡信轻诺"之酸文,不知何见也。

清沈祥龙《论词随笔》:词韶丽处,不在涂脂抹粉也。……诵耆卿"渐霜风凄紧,关河冷落,残照当楼"句,自觉神魂欲断。盖皆在神不在迹也。

清田同之《西圃词说》:今人论词,动称辛、柳,不知稼轩词以"佛狸祠下,一片神鸦社鼓"为最,过此则颓然放矣。耆卿词以"关河冷落,残照当楼"与"杨柳岸、晓风残月"为佳,非是则淫以亵矣。此不可不辨。

清陈廷焯《白雨斋词话》卷五:炼字琢句,原属词中末技,然择言贵雅,亦不可不慎。古人词有竟体高妙,而一句小疵,致令通篇减色者。如柳耆卿"对潇潇暮雨洒江天"一章,情景兼到,骨韵俱高。而有"想佳人妆楼长望"之句,"佳人妆楼"四字,连用俗极,亦不检点之过。

又:《词则·大雅集》卷一:情景兼到,骨韵俱高,无起伏之痕,有生动之趣。古今杰构,耆卿集中,仅见此作。"佳人妆楼"四字,连用俗极。择言贵雅,何不检点如是,致令白璧微瑕。

梁启超《饮冰室评词》乙卷:飞卿词"照花前后镜,花面交相映",此词境颇似之。

王国维《人间词话·删稿》:若屯田之《八声甘州》,东坡之《水调歌头》,则仟兴之作,格高千古,不能以常调论也。

蔡嵩云《柯亭词论》:柳词胜处,在气骨,不在字面。其写景处,远胜其抒情处。而章法大开大阖,为后起清真、梦窗诸家所取法,信为创调名家。如……《甘州》"对潇潇暮雨洒江天"诸阕,写羁旅行役中秋景,均穷极工巧。

俞陛云《唐五代两宋词选释》:"霜风"、"残照"三句音节悲忱,如江天闻笛,古戍吹筋,东坡极称之,谓唐人佳处,不过如此。以其有提笔四顾之慨,类太白之"牛渚望月"、少陵之"夔府清秋"也。

鹤冲天

黄金榜上①,偶失龙头望②。明代暂遗贤③,如何向? 未遂风云便④,争不恣狂荡? 何须论得丧。

才子词人，自是白衣卿相⑤。　　烟花巷陌⑥，依约丹青屏障。幸有意中人，堪寻访。且恁偎红倚翠，风流事，平生畅。青春都一饷，忍把浮名，换了浅斟低唱。

注释

① 黄金榜：即黄榜，殿试后由朝廷颁发的榜文，用黄纸书写，故称。

② 龙头：宋代以后称新科状元为龙头。

③ 明代：盛明之世。

④ 风云：风云际会，喻指君臣之间彼此信任。

⑤ 白衣卿相：身为白衣（布衣）之士，内怀卿相之能。

⑥ 烟花巷陌：妓馆。

辑评

清叶申芗《本事词》：此亦一时遣怀之作。

清陈廷焯《白雨斋词话》卷六：耆卿"忍把浮名，换了浅斟低唱"，荒漫语耳，何足为韵事？

王安石　（1021—1086）字介甫，号半山，临川（今属江西）人。庆历二年（1042）进士及第，出任江、浙一带州县官十余年。神宗朝曾任宰相，实行变法，晚年退居金陵。卒谥文。其词境界阔大。有辑本《临川先生歌曲》。

桂枝香

金陵怀古①

登临送目，正故国晚秋②，天气初肃③。千里澄江似练，翠峰如簇。归帆去棹残阳里，背西风、酒旗斜矗。彩舟云淡，星河鹭起④，画图难足。　念往昔、繁华竞逐。叹门外楼头⑤，悲恨相续。千古凭高，对此谩嗟荣辱。六朝旧事随流水，但寒烟、芳草凝绿。至今商女，时时犹唱，后庭遗曲⑥。

注释

① 词约作于宋英宗治平四年（1067）作者出知江宁府时。金陵：今江苏南京。

② 故国：此指金陵。因曾是东吴、东晋、宋、齐、梁、陈六朝都城，故称。

③ 肃：肃爽、高爽。

《桂枝香》（登临送目）

④ 星河:银河。鹭:一种水鸟。又,南京长江中有白鹭洲。

⑤ 门外楼头:指陈朝末代皇帝陈后主被俘事。语出唐杜牧《台城曲》:"门外韩擒虎,楼头张丽华。"相传隋朝大将韩擒虎率军从朱雀门攻入金陵,陈后主还在宠妃张丽华所住结绮阁寻欢作乐。

⑥ "至今商女"三句:化用唐杜牧《泊秦淮》"商女不知亡国恨,隔江犹唱后庭花"句意。商女,歌女。后庭遗曲,指陈后主所作《玉树后庭花》,被视为亡国之音。

辑评

宋杨湜《古今词话》:"金陵怀古",诸公寄词于《桂枝香》,凡三十余首,独介甫最为绝唱。东坡见之,不觉叹息曰:"此老乃野狐精也。"

宋张炎《词源》卷下:王荆公金陵怀古《桂枝香》云……此数词皆清空中有意趣,无笔力者未易到。

清张惠言《张惠言论词》:情韵有美成、耆卿所不能到。

清黄苏《蓼园词评》引明沈际飞语:此篇及东坡"明月几时有"、"冰肌玉骨"二篇,又白石《暗香》云:"旧时月色,算几番、照我梅边吹笛。"《疏影》云:"苔枝缀玉,有翠禽小小,枝上同宿。"皆清空中有意趣,无笔力者难为。

梁启超《饮冰室评词》乙卷:李易安谓介甫文章似西汉,然以作歌词,则人必绝倒。但此作却颉颃清真、稼轩,未可漫诋也。

苏轼 （1037—1101）字子瞻，号东坡居士，眉州眉山（今属四川）人。嘉祐二年（1057）进士。曾通判杭州，知密州、徐州、湖州等。元丰三年（1080）以谤新法贬谪黄州，后又贬惠州、儋州。徽宗立，赦还，卒于常州，追谥文忠。苏轼在诗、文、词、书、画各方面都有极高造诣。其词开创了一种与曲子词迥然不同的风格，成为士大夫抒怀议论工具，对后世影响巨大。有《东坡词》。

水调歌头

黄州快哉亭赠张偓佺①

　　落日绣帘卷，亭下水连空。知君为我新作，窗户湿青红②。长记平山堂上③，欹枕江南烟雨，杳杳没孤鸿。认得醉翁语④，山色有无中⑤。　　一千顷，都镜净，倒碧峰。忽然浪起，掀舞一叶白头翁⑥。堪笑兰台公子，未解庄生天籁，刚道有雌雄⑦。一点浩然气⑧，千里快哉风。

注释

① 神宗元丰六年（1083）闰六月，张偓佺在黄州（今湖北黄冈）江边建一亭，苏轼题名"快哉亭"，其弟苏辙作《快哉亭记》，此词为同时之作。张偓佺：字梦得，时谪居黄州。

《水调歌头》（落日绣帘卷）

② 湿青红:这里是指青红两种彩色油漆鲜艳得仿佛未干一样。

③ 平山堂:在今江苏扬州北大明寺附近。

④ 醉翁:欧阳修晚年自号。

⑤ "山色"句:实为唐王维《汉江临泛》诗句,欧阳修曾于词中借用。

⑥ 一叶白头翁:指小船上的白发渔父。一叶,形容船小如叶。

⑦ 《庄子·齐物》论"天籁":"……子綦曰:'夫大块噫气,其名为风。是唯无作,作则万窍怒号……'"兰台公子,宋玉。《风赋》记:"宋玉对:'此独大王之风耳,庶人安得而共之!'……雄风则飘举升降,乘凌高城,入于深宫……"刚道,硬说。

⑧ 浩然气:至刚至大的正气。语出《孟子·公孙丑上》:"我知言,我善养吾浩然之气。"

辑评

清黄苏《蓼园词评》:前阕从"快"字之意入……"忽然"二句一跌,以顿出末二句来。结处一振,"快"字之意方足。

清郑文焯《手批东坡乐府》:此等句法,使作者稍稍矜才使气,便流入粗豪一派。妙能写景中人,用(是)生出无限情思。

水调歌头

丙辰中秋,欢饮达旦,大醉,作此篇,兼怀子由①

明月几时有,把酒问青天。不知天上宫阙,今夕

《水调歌头》（明月几时有）

是何年。我欲乘风归去②，又恐琼楼玉宇③，高处不胜寒。起舞弄清影，何似在人间。　　转朱阁，低绮户④，照无眠。不应有恨，何事长向别时圆。人有悲欢离合，月有阴晴圆缺，此事古难全。但愿人长久，千里共婵娟⑤。

注释

① 此词作于神宗熙宁九年中秋(即丙辰岁,公元 1076)。时知密州,其唯一亲人——弟弟苏辙(子由)远在齐州任掌书记,故对月怀人而成篇。

② 归去:苏轼自比谪仙,故称御风天外为"归去"。

③ 琼楼玉宇:此指月宫。

④ 绮户:雕刻花纹的门窗。

⑤ 婵娟:此指皎洁之月。唐孟郊《婵娟篇》有"月婵娟,真可怜"句。

辑评

宋胡仔《苕溪渔隐丛话后集》卷三十九:中秋词,自东坡《水调歌头》一出,余词尽废。

宋张炎《词源》卷下:清空中有意趣,无笔力者未易到。

明卓人月、徐士俊《古今词统》卷十二:画家大斧皴,书家擘窠体也。

清先著、程洪《词洁辑评》卷三：凡兴象高，即不为字面碍，此词前半，自是天仙化人之笔。惟后半"悲欢离合"、"阴晴圆缺"等字，苟求者未免指此为累。然再三读去，抟抑运动，何损其佳？……诗家最上一乘，固有以神行者矣，于词何独不然？

清沈祥龙《论词随笔》：词导源于诗，诗言志，词亦贵乎言志。淫荡之志可言乎哉？"琼楼玉宇"，识其忠爱……由于志之正也。

清刘熙载《艺概·词曲概》：词以不犯本位为高，东坡《满庭芳》"老去君恩未报，空回首、弹铗悲歌"，语诚慷慨，然不若《水调歌头》"我欲乘风归去，又恐琼楼玉宇，高处不胜寒"，尤觉空灵蕴藉。

清黄苏《蓼园词评》：通首只是咏月耳。前阕，是见月思君，言天上宫阙，高不胜寒，但仿佛神魂归去，几不知身在人间也。次阕，言月何不照人欢洽，何似有恨，遍（偏）于人离索之时而圆乎？复又自解，人有离合，月有圆缺，皆是常事。惟望长久共婵娟耳。缠绵悱恻之思，愈转愈曲，愈曲愈深。忠爱之思，令人玩味不尽。

清李佳《左庵词话》卷上：东坡词如《水龙吟》咏杨花，《水调歌头》"丙辰中秋作"，皆极清新。

又卷下：此老不特兴会高骞，直觉有仙气缥缈于毫端。

清王闿运《湘绮楼评词》：通篇妥帖，亦恰到好处。

又：大开大合之笔，亦他人所不能，才子才子，胜诗文字多矣。

清郑文焯《大鹤山人词话》：发端从太白仙心脱化，顿成奇逸之笔。湘绮诵此词，以为此"全"字韵，可当"三语掾"，自来未经人道。

张德瀛《词徵》卷一：苏子瞻《水调歌头》前阕云："我欲乘风归去，又恐琼楼玉宇。"后阕云："月有阴晴圆缺，人有悲欢离合。""宇"、"去"、"缺"、"合"均叶短韵，人皆以为偶合。然检韩无咎词赋此调……乃知《水调歌头》实有此一体也。

念奴娇

赤壁怀古①

　　大江东去，浪淘尽、千古风流人物。故垒西边②，人道是、三国周郎赤壁③。乱石穿空，惊涛拍岸，卷起千堆雪。江山如画，一时多少豪杰！
遥想公瑾当年，小乔初嫁了④，雄姿英发⑤。羽扇纶巾⑥，谈笑间、强虏灰飞烟灭⑦。故国神游，多情应笑我、早生华发⑧。人生如梦，一樽还酹江月⑨。

注释

① 赤壁：此指湖北黄冈的赤壁矶。三国时赤壁大战在今湖北蒲

32

《念奴娇》（大江东去）

圻。苏轼《与范子丰书》："黄州少西,山麓半入江中,石室如丹,传云曹公败所,所谓赤壁者。或曰非也。"

② 故垒:过去的营垒。此指三国时曹操与孙刘联军在赤壁对垒的遗迹。

③ 周郎:周瑜,字公瑾,为三国东吴将领时尚年轻,人称周郎。赤壁鏖战时任吴军统帅。

④ "小乔"句:三国时乔公有两个女儿,人称大乔、小乔。大乔嫁孙策,小乔嫁周瑜。

⑤ 英发:卓绝不群。《三国志·吴志·吕蒙传》载孙权与陆逊评论当时人物,认为吕蒙学问筹略可比周瑜,"但言议英发,不及之耳"。

⑥ 羽扇纶(guān)巾:古代名士服饰。羽扇,鸟羽做成的扇子。纶巾,丝绢做的头巾。周瑜为儒将,故作此装束。

⑦ 强虏:此指曹操的军队。一作"樯橹"。

⑧ 华发:花白的头发。

⑨ 酹(lèi):将酒倒在地上以作祭奠。

辑评

明王世贞《艺苑卮言》:子瞻"与谁同坐,明月清风我","明月几时有,把酒问青天",快语也。"大江东去,浪淘尽、千古风流人物",壮语也。

明俞彦《爰园词话》:子瞻词无一语著人间烟火,此自大罗天上一种,不必与少游、易安辈较量体裁也。其豪放亦止"大江东去"一词。何物袁绹,妄加品骘,后代奉为美谈,似欲以概子瞻生平。不知万顷波涛,来自万里,吞天浴日,古豪杰英爽都在,使屯田此际操觚,果可以"杨柳外晓风残月"命句否。

清沈祥龙《论词随笔》:诗重发端,惟词亦然,长调尤重。有单起之调,贵突兀笼罩。如东坡"大江东去"是。

清沈谦《填词杂说》:词不在大小浅深,贵于移情。"晓风残月"、"大江东去",体制虽殊,读之皆若身历其境,惝恍迷离,不能自主,文之至也。

清李佳《左庵词话》卷上:最爱其《念奴娇·赤壁怀古》云(略),淋漓悲壮,击碎唾壶,洵为千古绝唱。

清王闿运《湘绮楼评词》:通首出韵,然自是豪语,不必以格求之。"与"旧作"了","嫁了"是嫁与他人也,故改之。

临江仙①

夜饮东坡醒复醉②,归来仿佛三更。家童鼻息已雷鸣。敲门都不应,倚杖听江声。　　长恨此身非我有③,何时忘却营营④! 夜阑风静縠纹平⑤。小舟从此逝,江海寄余生。

注释

① 元丰五年(1082)九月,词人于东坡雪堂夜饮,返回临皋寓所时感而作此词。

② 东坡:苏轼贬谪日,在黄州(今湖北黄冈)东门外垦殖一块荒地,命名东坡,并以此自号,且筑雪堂于此。

③ 此身非我有:《庄子·知北游》:"舜问乎丞曰:'道可得而有乎?'曰:'汝身非汝有也,汝何得有夫道?'舜曰:'吾身非吾有也,孰有之哉?'曰:'是天地之委形也。'"意谓拘于外物,身不由己。

④ 营营:纷扰。意思是为名利而奔走。

⑤ 縠(hú)纹:波纹细密,犹如绉纱。

辑评

宋叶梦得《避暑录话》卷上:(苏轼)与数客饮江上,夜归,江面际天,风露浩然,有当其意,乃作歌辞所谓"夜阑风静縠纹平,小舟从此逝,江海寄余生"者,与客大歌数过而散。翌日,喧传子瞻夜作此辞,挂冠服江边,挐舟长啸去矣。郡守徐君猷闻之,惊且惧,以为州失罪人,急命驾往谒,则子瞻鼻鼾如雷,犹未兴也。

定风波

三月七日,沙湖道中遇雨,雨具先去,同行皆狼狈,

余独不觉。已而遂晴,故作此①

　　莫听穿林打叶声,何妨吟啸且徐行。竹杖芒鞋轻胜马②,谁怕? 一蓑烟雨任平生。　　料峭春风吹酒醒③,微冷,山头斜照却相迎。回首向来萧瑟处④,归去,也无风雨也无晴。

注释

① 沙湖:湖名,在今湖北黄冈东南某处。

② 芒鞋:草鞋。

③ 料峭:春天的微寒。

④ 萧瑟:指雨声。

辑评

　　清郑文焯《大鹤山人词话》:此足征是翁坦荡之怀,任天而动,琢句亦瘦逸,能道眼前景,以曲笔直写胸臆,倚声能事尽之矣。

江城子

密州出猎①

老夫聊发少年狂,左牵黄,右擎苍②。锦帽貂裘，千骑卷平冈。为报倾城随太守，亲射虎，看孙郎③。　　酒酣胸胆尚开张，鬓微霜，又何妨！持节云中，何日遣冯唐④？会挽雕弓如满月，西北望，射天狼⑤。

注释

① 词作于宋神宗熙宁八年（1075），时任密州太守。作者在《与鲜于子骏书》中曾云："近作小词，虽无柳七郎风味，亦自是一家，呵呵。数日前猎于郊外，所获颇多。作得一阕，令东州壮士抵掌顿足而歌之，吹笛击鼓以为节，颇壮观也。"密州：今山东诸城。

② "左牵黄"一句：左手牵着黄狗，右臂托着苍鹰。

③ 孙郎：指孙权。《三国志·吴书·孙权传》中有孙权射虎的记载。此以孙权自喻。

④ "持节"二句：《史记·冯唐列传》载，汉文帝时，云中太守魏尚抗击匈奴有功，但因报功不实，获罪削职。冯唐向文帝直言劝谏，文帝感悟，便派冯唐持节去赦免魏尚，恢复他云中太守之职。节，符节，古代传达皇帝命令的凭证。

⑤ 天狼：即狼星，主侵掠。此代指当时的西夏。

辑评

　　胡云翼《宋词选》：写打猎气概豪迈，场面热闹，有声有色，使人有身历其境的感觉。

八声甘州

寄参寥子①

　　有情风、万里卷潮来，无情送潮归。问钱塘江上，西兴浦口②，几度斜晖？不用思量今古，俯仰昔人非③。谁似东坡老，白首忘机④。　　记取西湖西畔，正暮山好处，空翠烟霏。算诗人相得，如我与君稀。约他年、东还海道，愿谢公、雅志莫相违⑤。西州路，不应回首，为我沾衣⑥。

注释

① 参寥子：苏轼友人，俗姓何，江西人，法名道潜，以参寥为别号。元丰中，苏轼被贬黄州，参寥子曾不远千里相访。

② 西兴：即西兴渡，在今浙江萧山。

③ 俯仰：低头和抬头，比喻时间短暂。晋王羲之《兰亭集序》："俯仰之间，以为陈迹。"

④ 忘机：忘却计较与巧诈之心，即自甘恬淡，与世无争。

《八声甘州》（有情风、万里卷潮来）

⑤"约他年"二句:《晋书·谢安传》记谢安虽为朝臣,但是,"东山之志,始末不渝,每形于言色"。在出镇广陵时,曾"造泛海之装,欲须经略粗定,自江道还东"。

⑥"西州路"三句:意谓自己终将归隐,免得友人为自己担忧或抱憾。《晋书·谢安传》:"羊昙者,太山人,知名士也,为安所爱重。安薨后,辍乐弥年,行不由西州路。尝因石头大醉,扶路唱乐,不觉至州门。左右白曰:'此西州门。'昙悲感不已,以马策扣扉,诵曹子建诗曰:'生存华屋处,零落归山丘。'恸哭而去。"

辑评

宋魏庆之《魏庆之词话》:"有情风、万里卷潮来,无情送潮归"别参寥词……凡此十余词,皆绝去笔墨畦径间,直造古人不到处,真可使人一唱而三叹。若谓以诗为词,是大不然。子瞻自言平生不善唱曲,故间有不入腔处,非尽如此。后山乃比之教坊雷大使舞,是何每况愈下? 盖其谬也。

清黄苏《蓼园词评》:此词不过叹其久于杭州,未蒙内召耳。次阕,见人地相得,便欲订终焉之意。未免有激之言,然意自尔豪宕。

清郑文焯《大鹤山人词话》:突兀雪山,卷地而来,真似钱塘江上看潮时,添得此老胸中数万甲兵,是何气象雄且杰。妙在无一字豪宕,无一语险怪,又出以闲逸感喟之情,所谓骨重神寒,不食人间烟火气者,词境至此观止矣。云锦成章,天衣无缝,是作从至情流出,不假熨帖之工。

黄庭坚 (1045—1105)字鲁直,号山谷道人、涪翁,分宁(今江西修水)人。英宗治平四年(1067)进士。历任著作佐郎、秘书丞等职。先后两遭贬谪,卒于宜州(今广西宜山)。其诗为宋调典型,被称为宋代"江西诗派"宗主。其词豪放近苏轼,俚俗近柳永,虽不乏佳作,终未能形成自己独特的艺术风格。有《山谷琴趣外篇》。

定风波

次高左藏使君韵①

万里黔中一漏天②,屋居终日似乘船。及至重阳天也霁,催醉,鬼门关外蜀江前③。　莫笑老翁犹气岸,君看,几人黄菊上华颠④?　戏马台前追两谢⑤,驰射,风流犹拍古人肩⑥。

注释

① 词作于宋哲宗绍圣二年(1095),时词人坐元祐党籍,被贬为涪州(今四川涪陵)别驾,黔州(今四川彭水)安置。高左藏:名羽,曾任左藏库使,当时任黔州太守,故称使君。

② 漏天:谓阴雨连绵像天漏了一样。

③ 鬼门关:即石门关,在今四川奉节东。宋陆游《入蜀记》:"舟中望石门关,仅通一人行,天下至险也。"蜀江:指流经彭水的

乌江。

④ 黄菊上华颠:头簪菊花,是古代重阳节习俗。华颠,花白头发。颠,顶,指头。

⑤ 戏马台:项羽所筑,在今江苏铜山南。晋安帝义熙十二年(416),刘裕北征,九月九日会僚属于此,赋诗为乐,谢瞻、谢灵运各赋《九日从宋公戏马台集送孔令》一首。此处故称"两谢"。

⑥ "风流"句:晋郭璞《游仙诗》:"左挹浮丘袖,右拍洪崖肩。"洪崖、浮丘,皆仙人。

辑评

清刘熙载《艺概·词曲概》:黄山谷词用意深至,自非小才所能办。惟故以生字俚语,侮弄世俗,若为金元曲家滥觞。

念奴娇

八月十七日,同诸甥步自永安城楼,过张宽夫园待月。偶有名酒,因以金荷酌众客。客有孙彦立,善吹笛。援笔作乐府长短句,文不加点①

断虹霁雨②,净秋空,山染修眉新绿。桂影扶疏③，谁便道，今夕清辉不足？万里青天，姮娥何处④，驾此一轮玉⑤。寒光零乱，为谁偏照醽醁⑥？年少从我追游，晚凉幽径，绕张园森木。共倒金荷，家万里，难得尊前相属。老子平生⑦，江南江北，最爱临风笛。孙郎微笑，坐来声喷霜竹⑧。

注释

① 词人因修撰《神宗实录》失实，被贬涪州（今四川涪陵）别驾，后又迁戎州（今四川宜宾）。此词即作于贬谪之所。永安：即白帝城，位于四川奉节西长江边。张宽夫：作者友人，生平不详。金荷：莲形酒杯。

② 断虹：部分为云所掩的彩虹。

③ 桂影：传说月中有桂树，故称。此言月亮很亮，月中影子很清楚。

④ 姮娥：即嫦娥，传说中的月宫仙女。

⑤ 一轮玉：此指满月。

⑥ 醽醁(líng lù)：指美酒。湖南衡阳东有酃湖，江西万载东有渌水，取其水酿酒，十分甘美，名酃渌酒，或称醽醁酒。

⑦ 老子：作者自指，意为"老夫"。

⑧ 坐来：意即顿时。霜竹：指笛。

辑评

　　清胡薇元《岁寒居词话》：晁补之、陈后山，皆谓今代词手惟秦七、黄九。然山谷非淮海之比，高妙处只是着腔好诗，……《念奴娇》云："老子平生，江南江北，爱听临风笛。"用方音以"笛"叶"北"，亦不入韵。

水调歌头

瑶草一何碧①，春入武陵溪②。溪上桃花无数，枝上有黄鹂。我欲穿花寻路，直入白云深处，浩气展虹霓③。只恐花深里，红露湿人衣④。　　坐玉石，敧玉枕，拂金徽⑤。谪仙何处⑥，无人伴我白螺杯。我为灵芝仙草，不为朱唇丹脸，长啸亦何为？醉舞下山去，明月逐人归。

注释

① 瑶草：仙草，指山里的香草。

② 武陵溪：武陵在今湖南常德一带。这里借用晋陶渊明《桃花源记》武陵人寻得世外桃源典故。

③ 虹霓：彩虹。

④ 红露：浸有红色花汁的露水。

⑤ 金徽：即琴徽，定琴音工具。这里意为拂琴。

⑥ 谪仙:唐代诗人李白,贺知章一见即呼为"谪仙人"。这里引
　李白为友,是因为李白嗜酒傲世与诗人相类。

辑评

　清姚范《援鹑堂笔记》:涪翁以惊创为奇,其神兀傲,其气崛
奇,玄思瑰句,排斥冥筌,自得意表。

　清黄苏《蓼园词评》:一往深秀,吐属隽雅绝伦。

贺铸 (1052—1125)字方回,号庆湖遗老,卫州(在今河南)人。宋太祖孝惠皇后五代族孙。早年曾任武职,后转文官,通判泗州、太平州,又娶宗室赵克彰之女为妻。个性耿直,尚气使酒,好评论时政,雌黄人物,一生沉沦下僚。词多抒写自己曲折坎坷、仕途潦倒。有《东山寓声乐府》。

六州歌头

少年侠气,交结五都雄①。肝胆洞,毛发耸②。立谈中,死生同。一诺千金重。推翘勇③,矜豪纵,轻盖拥④,联飞鞚⑤,斗城东⑥。轰饮酒垆⑦,春色浮寒瓮⑧,吸海垂虹⑨。闲呼鹰嗾犬⑩,白羽摘雕弓⑪,狡穴俄空⑫。乐匆匆。 似黄粱梦⑬,辞丹凤⑭。明月共,漾孤篷。官冗从⑮,怀倥偬⑯,落尘笼,簿书丛⑰。鹖弁如云众⑱,供粗用,忽奇功。笳鼓动,渔阳弄⑲,思悲翁⑳。不请长缨㉑,系取天骄种㉒,剑吼西风。恨登山临水,手寄七弦桐㉓,目送归鸿。

注释

① 五都:这里泛指北宋各大都市。

② "肝胆"二句:重然诺,抱不平。肝胆洞,即肝胆相照,以诚待

人。毛发耸,路见不平,怒发冲冠。

③ 推翘勇:推为勇健者之首。

④ 轻盖:轻车。

⑤ 飞鞚(kòng):飞骑。鞚,马笼头。

⑥ 斗城:汉代长安城的别称。这里代指北宋都城汴京。

⑦ 轰饮:狂饮。

⑧ 春色浮寒瓮:酒坛呈现出一片诱人的春色。瓮,酒坛子。

⑨ 吸海垂虹:形容喝酒的海量。南朝宋刘敬叔《异苑》载:"晋义
熙初,晋陵薛愿,有虹饮其釜澳,须臾嗡响便竭。愿辈酒灌
之,随投随涸。"

⑩ 嗾(sǒu):唤狗声。

⑪ 白羽:箭名。摘:这里是取的意思。

⑫ 狡穴:狡兔的巢穴。这里泛指兽穴。

⑬ 黄粱梦:唐沈既济《枕中记》载,有卢生者,在邯郸旅店中昼睡
入梦,历尽富贵荣华,醒时店主炊黄粱未熟,因悟人生皆空。

⑭ 丹凤:唐时长安城有丹凤门,后用来代指京城。

⑮ 冗从:闲散的随从官员。这里指所供新职官品卑微。

⑯ 倥偬(kǒng zǒng):困苦不安。

⑰ "落尘"二句:落在尘网,陷入文书丛中。簿书,官署中的文书。

⑱ 鹖(hé)弁:本指武将的帽子,此代指武官。

⑲ "笳鼓动"二句:化用唐白居易《长恨歌》"渔阳鼙鼓动地来,惊
破霓裳羽衣曲"诗句,意谓宋朝正遭到外族侵扰。

⑳ 思悲翁:自伤衰老。又汉乐府《铙歌》中有《思悲翁》曲,多序

战阵之事。此处一语双关。

㉑ 长缨：长的绳索。《汉书·终军传》：“(终)军自请：'愿受长缨，必羁南越王而致之阙下。'”

㉒ 天骄种：匈奴单于曾自谓其族乃“天之骄子”。后泛指北方少数民族，此指威胁宋朝的少数民族政权。

㉓ 七弦桐：即七弦琴。

辑评

宋王灼《碧鸡漫志》卷二：柳(永)何敢知世间有《离骚》，惟贺方回、周美成时时得之。贺《六州歌头》……诸曲最奇崛。或谓深劲乏韵，此遭柳氏野狐涎吐不出者也。

清谢章铤《赌棋山庄词话》卷十：词有一阕两叶者……然大抵平仄各自为韵，归于同部者少。近读贺方回词，见其《水调》、《六州》两歌头，独备此体。考之词律，则《水调歌头》失载。

俞陛云《唐五代两宋词选释》：此与《小梅花》调皆雄健激昂，为集中稀有之作。上阕“酒垆”以下七句，下阕“长缨”以下六句，尤为警拔。

夏敬观《手批东山词》：雄姿壮采，不可一世。

行路难①

缚虎手②，悬河口③，车如鸡栖马如狗④。白纶巾⑤，扑黄尘，不知我辈，可是蓬蒿人⑥？衰兰送客咸阳道，天若有情天亦老⑦。作雷颠，不论钱⑧，谁问旗亭，美酒斗十千⑨？　　酌大斗，更为寿⑩，青鬓常青古无有⑪。笑嫣然⑫，舞翩然，当垆秦女，十五语如弦⑬。遗音能记《秋风》曲⑭，事去千年犹恨促⑮。揽流光⑯，击扶桑⑰，争奈愁来，一日却为长⑱！

注释

① 词调即《小梅花》、《梅花引》，贺铸改此名。《行路难》本汉乐府曲名，多抒世路艰难及离别悲伤之情。

② 缚虎手：勇武非凡的意思。

③ 悬河口：即口若悬河。南朝宋刘义庆《世说新语·赏誉》："郭子玄语议如悬河写(泻)水，注而不竭。"

④ "车如"句：《后汉书·陈蕃传》云："车如鸡栖马如狗，疾恶如风朱伯厚。"车子像鸡舍，马像狗，喻生活贫素，境遇不佳。

⑤ 白纶巾：白色的头巾，常用指代高洁之处士、隐者。

⑥ "不知"二句：唐李白《南陵别儿童入京》云："仰天大笑出门

去,我辈岂是蓬蒿人。"

⑦ "衰兰"二句:用唐李贺《金铜仙人辞汉歌》成句。

⑧ "作雷颠"二句:《后汉书·独行列传》:"(雷义)尝济人死罪,罪者后以金二斤谢之,义不受。金主伺义不在,默投金于承尘上。后葺理屋宇,乃得之。金主已死,无所复还,义乃以付县曹。"其后,"(义)举茂才,让友人陈重字景公。刺史不听,义遂阳狂被发走,不应命。"

⑨ "谁问"二句:用王维《少年行》"新丰美酒斗十千,咸阳游侠多少年。相逢意气为君饮,系马高楼垂柳边"诗意。旗亭,市楼。

⑩ "酌大斗"二句:《诗·大雅·行苇》云:"酌以大斗,以祈黄考。"

⑪ "青鬓"句:唐韩琮《春愁》诗:"金乌长飞玉兔走,青鬓长青古无有。"

⑫ 笑嫣然:战国宋玉《登徒子好色赋》记其东邻之美女:"嫣然一笑,惑阳城,迷下蔡。"

⑬ "当垆"二句:汉辛延年《羽林郎》:"胡姬年十五,春日独当垆。"韩琮《春愁》云:"秦娥十六语如弦。"垆,酒肆。语如弦,说话的声音像弦乐一样好听。

⑭ 《秋风》曲:即汉武帝《秋风辞》,有云:"欢乐极兮哀情多,少壮几时兮奈老何!"

⑮ "事去"句:唐李益《同崔邠登鹳雀楼》:"事去千年犹恨速。"

⑯ 流光:此指月光。

⑰ 扶桑:此处指日。《淮南子·天文训》记:"日出于汤谷,浴于成池,拂于扶桑,是谓晨明。"
⑱ "争奈"二句:唐李益《同崔邠登鹳雀楼》:"愁来一日即为长。"

辑评

宋赵闻礼《阳春白雪外集》:隐括唐人诗歌为之,是亦集句之义。然其间语意联属,飘飘然有豪纵高举之气。酒酣耳热,浩歌数过,亦一快也。

清王士禛《花草蒙拾》:"车如鸡栖马如狗"用古谚语,绝似稼轩手笔。

清陈廷焯《词则·别调集》卷一:掇拾古语,运用入化,借他人之酒杯,浇自己之块垒。

俞陛云《唐五代两宋词选释》:节短而韵长,调高而音凄,其雄恢才笔,可与放翁、稼轩争驱夺槊矣。

蔡嵩《柯亭词论》:笔力陡健。

夏敬观《手批东山词》:是汉魏乐府。稼轩豪迈之处,从此脱胎。豪而不放,稼轩所不能学也。

天门谣①

牛渚天门险②,限南北,七雄豪占③。清雾敛,与闲人登览。　待月上、潮平波滟滟④，塞管轻吹新《阿滥》⑤。风满槛，历历数、西州更点⑥。

注释

① 天门谣：即《朝天子》，因本词以"牛渚天门险"开头而改现名。

② 牛渚：牛渚山，在今安徽当涂北三十五里。天门：即天门山，在当涂西南三十里，因博望、梁山东西隔江相对如门，故称。

③ 七雄：指历史上占据江南的吴、东晋、宋、齐、梁、陈及南唐。此七朝皆凭借长江天险与中原抗衡。

④ "待月"句：唐张若虚《春江花月夜》诗："春江潮水连海平，海上明月共潮生。滟滟随波千万里，何处春江无月明。"此化用其意。

⑤ 塞管：笛子。《阿滥》，即《阿滥堆》，宋王灼《碧鸡漫志》卷四引《中朝故事》："骊山多飞禽，名阿滥堆。明皇御玉笛，采其声，翻为曲子名。左右皆传唱之，播于远近，人竞以笛效吹。"

⑥ 西州更点：西州，城名。东晋、刘宋时扬州刺史治所，因在金陵台城之西，故名。更点，打更的鼓点，即打更声。

辑评

宋张炎《词源》卷下：句法中有字面，盖词中一个生硬字用不得。须是深加锻炼，字字敲打得响，歌诵妥溜，方为本色语。如贺方回、吴梦窗，皆善于炼字面，多于温庭筠、李长吉诗中来。字面亦词中之起眼处，不可不留意也。

叶梦得 （1077—1148）字少蕴，号石林居士，吴县（今江苏苏州）人。绍圣四年（1097）进士。曾任吏部尚书、龙图阁直学士。晚年退居湖州卞山，以读书吟咏自乐。由于身经北宋覆亡与南宋偏安，词风由婉丽一变而为简淡。有《石林词》一卷。

水调歌头

濠州观鱼台作①

渺渺楚天阔②，秋水去无穷。两淮不辨牛马③，轻浪舞回风。独倚高台一笑，围围游鱼来往④，还戏此波中。危槛对千里，落日照澄空。　　子非我，安知我，意真同⑤。鹏飞鲲化何有⑥，沧海漫冲融⑦。堪笑磻溪遗老⑧，白首直钩溪畔，岁晚忽衰翁。功业竟安在，徒自兆非熊⑨。

注释

① 濠州：宋时治所在钟离（今安徽凤阳东）。观鱼台：据传乃庄子与惠施游濠梁时观鱼处。详本词注⑤。

② 楚天：此泛指南方的天空。

③ 两淮：宋时淮南东路、淮南西路的简称，相当于今安徽、江苏、河

54

南的部分地区。不辨牛马：语本《庄子·秋水》："两涘渚崖之间,不辨牛马。"意谓涨水后,水面宽阔,隔水难以分辨牛马。

④ 圉(yǔ)圉：被困未舒的样子。《孟子·万章上》："(鱼)始舍之,圉圉焉,少则洋洋焉。"

⑤ "子非我"三句：语出《庄子·秋水》："庄子曰：'鲦鱼出游从容,是鱼之乐也。'惠子曰：'子非鱼,安知鱼之乐?'庄子曰：'子非我,安知我不知鱼之乐?'"此谓自得其乐。

⑥ 鹏飞鲲化：鲲化为飞鹏。典出《庄子·逍遥游》："北冥有鱼,其名为鲲。鲲之大,不知其几千里也。化而为鸟,其名为鹏。"

⑦ 冲融：广布弥漫。

⑧ 磻溪遗老：指吕尚,即姜太公。据《史记·齐太公世家》载：吕尚垂钓于磻溪,年八十始得遇周文王。磻溪,溪水名,在今陕西宝鸡东南,入渭水。传说吕尚垂钓以直钩,无饵,钓钩离水面三尺。

⑨ 兆非熊："非熊"的兆头。据《史记·齐太公世家》,周文王将出猎,"卜之,曰：'所获非龙非螭,非虎非罴,所获霸王之辅。'"果遇吕尚于渭水之滨。

水调歌头

秋色渐将晚,霜信报黄花①。小窗低户深映,微路绕敧斜②。为问山翁何事③,坐看流年轻度,拚却鬓双华④。徙倚望沧海⑤,天净水明霞。　　念平昔,空飘荡,遍天涯。归来三径重扫⑥,松竹本吾家。却恨悲风时起⑦,冉冉云间新雁,边马怨胡笳⑧。谁似东山老,谈笑静胡沙⑨。

注释

① "霜信"句:严霜将至的征兆,此句意思是菊花开时为霜降季节。

② 微路:小路。

③ 山翁:《晋书·山简传》载,山简好酒易醉,时人称为山公。此为作者自称。

④ 拚却:甘愿,不顾。鬓双华:两鬓花白。

⑤ 徙倚:徘徊往复。沧海:此指太湖。作者晚年寓居吴兴弁山,太湖在其东北。

⑥ 三径:典详见晋赵岐《三辅决录》:汉末兖州刺史蒋诩告病辞官,隐居乡里,于院中辟三径,非羊仲、求仲二人不与来往。后人遂以"三径"指院中小路。

⑦ 悲风:寒风。

⑧ "冉冉"二句:谓云间新雁带来边警。胡笳,北方少数民族乐器,其音悲凉。汉蔡琰《悲愤诗》:"胡笳动兮边马鸣,孤雁归兮声嘤嘤。"

⑨ "谁似"二句:闲居以谢安自况之辞。东山老,谢安,曾隐居东
　山(在今浙江上虞)。据《晋书·谢安传》,前秦苻坚率兵百万
　南侵,谢安在幕后指挥晋军与之战于淝水,不动声色,将之击
　溃。唐李白《永王东巡歌》:"但用东山谢安石,为君谈笑净胡
　沙。"静胡沙,平定入侵之敌的意思。

辑评

　　清王奕清《历代词话》卷七:叶少蕴妙龄词甚婉丽,晚岁落其
华而实之,能于简淡中时出雄杰,合处不减东坡。

念奴娇

中秋燕客,有怀壬午岁吴江长桥①

　　洞庭波冷②,望冰轮初转③,沧海沉沉④。万顷
孤光云阵卷。长笛吹破层阴。汹涌三江⑤,银涛无
际,遥带五湖深⑥。酒阑歌罢,至今鼍怒龙吟⑦。
回首江海平生,漂流容易散,佳期难寻。缥缈高城风
露爽,独倚危槛重临。醉倒清尊,姮娥应笑⑧,犹有
向来心⑨。广寒宫殿,为予聊借琼林⑩。

《念奴娇》（洞庭波冷）

注释

① 壬午岁：徽宗崇宁元年(1102)。吴江：今属江苏省,西邻太湖。长桥：在吴江县东,本名利往桥,凡七十二洞。宋庆历八年(1048)建,俗称长桥,亦曰垂虹桥,其上有亭。

② 洞庭：湖名,在今湖南省,此处借指太湖。

③ 冰轮：指月。

④ 沧海：此指太湖。

⑤ 三江：这里泛指流入太湖的河流。

⑥ 五湖：泛指太湖及其附近四湖。

⑦ 鼍(tuó)怒龙吟：形容波涛汹涌。鼍,鼍龙,又名猪婆龙,即扬子鳄。

⑧ 姮娥：嫦娥。

⑨ 向来心：往时的心情。

⑩ 广寒宫：传说中的月中仙宫。琼林：此指月中仙境。

辑评

明杨慎《词品》卷四：中秋宴客《念奴娇》末句云："广寒宫殿,为余聊借琼林。"英英独照者。

清黄苏《蓼园词评》：此词想为致仕后作也,不过借月写怀耳。前阕写其在京时启沃之意,如长笛之破层阴。"汹涌"五句,写其披肝沥胆耳。下阕写其分散后无复从前光景矣,然犹心不忘君。想嫦娥应知此心也,所谓时出雄杰者与?

台城游①

　　南国本潇洒，六代浸豪奢②。台城游冶，襞笺能赋属宫娃③。云观登临清夏，璧月留连长夜，吟醉送年华④。回首飞鸳瓦⑤，却羡井中蛙⑥。　　访乌衣，成白社，不容车⑦。旧时王谢，堂前双燕过谁家⑧？楼外河横斗挂⑨，淮上潮平霜下，樯影落寒沙。商女逢窗罅，犹唱《后庭花》⑩。

注释

① 此词调即《水调歌头》，作者根据文意改今名。台城：故址在今南京鸡鸣山南，因东晋及南朝宫殿、台省在此，故名。

② "南国"二句：南国，南方。潇洒，清丽。六代，吴、东晋、宋、齐、梁、陈六朝皆建都于金陵，史称六朝。唐刘禹锡《台城》诗："台城六代竞豪华，结绮临春事最奢。"此化用其意。

③ 襞(bì)笺：折叠笺纸。襞，衣皱，此指折叠有痕。

④ "云观"三句：《南史·陈后主本纪》载，陈后主不问国事，日与宫人文士饮酒赋诗为乐。有"璧月夜夜满，琼树朝朝新"之句，此化用其意。云观，即齐云观。据《南史·陈后主本纪》载，后主于祯明二年(588)"起齐云观"。

⑤ "回首"句：指宫殿毁于战火。

⑥ "却羡"句：语本唐杜牧《台城曲》："谁怜容足地，却羡井中

蛙。"据《南史·陈后主本纪》载:祯明三年隋军破陈,乘胜烧北掖门。宫城既破,后主逃于井。"既而军人窥井而呼之,后主不应。欲下石,乃闻叫声。以绳引之,惊其太重。及出,乃与张贵妃、孔贵人三人同乘而上。"

⑦ "访乌衣"三句:乌衣巷,在秦淮河南岸。晋南渡,王谢诸名族多居于此。白社,《晋书·董京传》载,董京初至洛阳,宿白社中,时乞于市。这里代指贫者居处。不容车,形容路隘,不能容车马行走。

⑧ "旧时"二句:用唐刘禹锡《乌衣巷》"旧时王谢堂前燕,飞入寻常百姓家"诗句意。

⑨ 河横斗挂:夜深。河,银河。斗,北斗。

⑩ "商女"二句:唐杜牧《泊秦淮》诗有"商女不知亡国恨,隔江犹唱《后庭花》"句。

点绛唇

绍兴乙卯登绝顶小亭①

缥缈危亭,笑谈独在千峰上。与谁同赏。万里横烟浪。　　老去情怀,犹作天涯想②,空惆怅。少年豪放,莫学衰翁样。

注释

① 绍兴乙卯：宋高宗绍兴五年（1135）。绝顶小亭：在浙江吴兴西北卞山上，叶梦得所筑。

② 天涯想：指立功于万里之外。

朱敦儒 (1081—1159)字希真,号岩壑,洛阳(今属河南)人。早年即过隐居生活。绍兴五年(1135)赐进士出身,出任秘书省正字等职。因与主战派来往,被劾罢官。有词集名《樵歌》。

念奴娇

　　插天翠柳,被何人、推上一轮明月? 照我藤床凉似水,飞入瑶台琼阙①。雾冷笙箫,风轻环佩,玉锁无人掣②。闲云收尽,海光天影相接。　　谁信有药长生,素娥新炼就③,飞霜凝雪。打碎珊瑚,争似看、仙桂扶疏横绝。洗尽凡心,满身清露,冷浸萧萧发。明朝尘世,记取休向人说。

注释

① 瑶台琼阙:指月宫。

② 玉锁:玉制门锁。掣:抽取。

③ 素娥:嫦娥,据说偷吃长生不死之药奔月宫。

辑评

　　宋胡仔《苕溪渔隐丛话后集》卷三十九:凡作诗词,要当如常山之蛇,救首救尾,不可偏也……至朱希真作中秋《念奴娇》则不知出此。其首云(略),亦已佳矣。其后云:"洗尽凡心,满身清露,冷浸萧萧发。明朝尘世,记取休向人说。"此两句全无意味,收拾得不佳,遂并全篇气索然矣。

宋张端义《贵耳集》卷上:朱希真南渡以词得名,月词有"插天翠柳,被何人推上一轮明月"之句,自是豪放。

清沈雄《古今词话·词评》上卷:希真赋月词:"插天翠柳,被何人推上一轮明月。"赋梅词:"横枝销瘦一如无,但空里疏花数点。"词意奇绝,似不食烟火人语。

鹧鸪天

西都作①

我是清都山水郎②,天教分付与疏狂③。曾批给雨支风券,累上留云借月章④。　　诗万首,酒千觞,几曾着眼看侯王!　玉楼金阙慵归去⑤,且插梅花醉洛阳。

注释

① 西都:洛阳。北宋以开封为都城,洛阳为西京,故称西都。

② 清都：道教所谓天帝居所。山水郎：管理山水的郎官。

③ 疏狂：狂放不羁，不受礼法约束。

④ 累上：多次上奏。

⑤ 玉楼金阙：指汴京城华美巍峨的宫殿。据《宋史·文苑传》载，宋钦宗靖康年间，曾召朱敦儒至京师，将处以学官，他坚辞不就。

辑评

宋周必大《二老堂诗话》：希真旧尝有《鹧鸪天》……最脍炙人口。

宋黄昇《花庵词选》：天资旷远，有神仙风致。

清沈雄《古今词话·词话》上卷：朱希真名敦儒，天资旷达，有神仙风致。居东都日，作《鹧鸪天》自述云："曾批给雨支风券，屡上留云借月章。"有朋侪诣之，闻笛声自烟波起，顷之，棹小舟与客俱归。室中悬琴筑阮咸之属，篮缶贮果实脯醢，皆平日所留意者。南渡后，作《鹧鸪天》遣兴云："道人还了鸳鸯债，纸帐梅花醉梦间。"是真素心之士。

好事近

渔父词

摇首出红尘，醒醉更无时节。活计绿蓑青笠①，惯披霜冲雪。　　晚来风定钓丝闲，上下是新月。千里水天一色，看孤鸿明灭②。

注释

① 活计：生计。

② 明灭：忽明忽暗，忽隐忽现。

辑评

　　清陈廷焯《白雨斋词话》卷一：即朱希真《渔父》五章，亦多浅陋处，选择既苛，即不当列入。

　　又：朱希真"春雨细如尘"一阕，饶有古意。至《渔父》五篇，虽为皋文所质，然譬彼清流之中，杂以微尘。

　　梁启超《饮冰室评词》乙卷：飘飘有出尘想，读之令人意境修远。

相见欢

　　金陵城上西楼①，倚清秋。万里夕阳垂地，大江流。　　中原乱②，簪缨散③，几时收？试倩悲风吹泪，过扬州。

注释

① 金陵:今江苏南京。

② 中原乱:中原大乱,指靖康之难后,中原为金人占领。

③ 簪缨:贵族官僚的帽饰。这里代指清贵权要之人。

辑评

明杨慎《词品》之四:词浅意深,可以警世之役役于非望之福者。

清陈廷焯《白雨斋词话》卷六:皆慷慨激烈,发欲上指。词境虽不高,然足以使懦夫有立志。

又《云韶集》:希真词最清淡,惟此章笔力雄大,气韵苍凉,悲歌慷慨,情见乎词。

赵鼎 （1085—1147）字元镇,号得全居士,解州闻喜（今属山西）人。崇宁五年（1106）进士,累官河南洛阳令。高宗即位,除权户部员外郎。累官御史中丞、参知政事、右相兼枢密使。力辟和议,与秦桧不合,罢相出知泉州,寻谪居兴化军,移漳州、潮州安置,后移吉阳军,绝食而亡。有《得全居士词》。

满江红

丁未九月南渡,泊舟仪真江口作①

惨结秋阴,西风送、霏霏雨湿②。凄望眼,征鸿几字③,暮投沙碛④。试问乡关何处是⑤,水云浩荡连南北。但一抹寒青有无中,遥山色⑥。　　天涯路,江上客。肠欲断,头应白。空搔首兴叹,暮年离拆⑦。须信道消忧除是酒,奈酒行有尽情无极。便挽取、长江入尊罍⑧,浇胸臆。

注释

① 丁未:宋高宗建炎元年（1127）。是年五月,赵构即帝位于南京（今河南商丘）,改元建炎。九月,金兵进逼,高宗退驻淮甸,准备渡江而南。赵鼎此次渡江至建康（今江苏南京）,是

为高宗南渡作先行。仪真:今江苏仪征。

② 霏霏:形容雨丝稠密。一作"丝丝"。

③ 几字:几列。雁群飞行时,常在空中排列成"一"或"人"字,故
曰雁字。

④ 沙碛:水中沙堆。

⑤ "试问"句:唐崔颢《黄鹤楼》:"日暮乡关何处是,烟波江上使
人愁。"这里化用其语意。

⑥ "但一抹"二句:唐王维《汉江临泛》诗有"山色有无中"句,意
即在树林之外,隐约透出一抹寒冷的青山。

⑦ 离拆:一作"离隔",这里主要是指被迫南渡。

⑧ 罍(léi):酒具。

辑评

明杨慎《词品》卷四:小词婉媚,不减《花间》、《兰畹》。"惨结
秋阴"一首,世皆传诵之矣。

清沈雄《古今词话·词品》上卷:赵元镇《满江红》云:"欲往
乡关何处是,正水云浩荡连南北",又"欲待忘忧除是酒,奈酒行
欲尽愁无极",此即扇面对也。

清黄苏《蓼园词评》:忠简公此词,当与"身骑箕尾归天上,气
作山河壮本朝"二语同其不朽。

清王奕清《历代诗余》卷一百十七引《百绯明珠》:忠简丁未
九月南渡泊真州,作《满江红》词最佳。

李清照　(1084—1151?)号易安居士,济南章丘(今属山东)人。父亲是齐鲁间有名学者,母亲是状元王拱辰孙女。少有诗名。年十八,适赵明诚,婚后居汴京。夫妻间互相比诗斗词,赵明诚常自叹弗如。其词以南渡为界,分前后两期,前期多写闺思离愁,风格缠绵婉转,南渡后则伤时感旧,风格凄凉哀苦。有《漱玉词》。

渔家傲

天接云涛连晓雾,星河欲转千帆舞①,仿佛梦魂归帝所②,闻天语,殷勤问我归何处。　　我报路长嗟日暮,学诗谩有惊人句③。九万里风鹏正举④。风休住,蓬舟吹取三山去⑤。

注释

① 星河:银河。

② 帝所:天帝居处。

③ 谩有:空有。

④ "九万里"句:典出《庄子·逍遥游》:"鹏之徙于南冥也,水击三千里,抟扶摇而上者九万里。"

⑤ 蓬舟:谓轻如蓬草的小舟。三山:传说中的蓬莱、方丈、瀛洲三座海上仙山。

辑评

清黄苏《蓼园词评》：无一毫钗粉气，自是北宋风格。

清陈廷焯《词则·别调集》卷二：有出世之想，笔意矫变。此一无改适事一证也。

梁启超《饮冰室评词》乙卷：此绝似苏辛派，不类《漱玉集》中语。

陈与义 （1090—1139）字去非，号简斋，洛阳（今属河南）人。徽宗时曾任太学博士。金兵攻陷汴京，避乱襄汉，转湖湘，逾岭峤。高宗绍兴元年，至绍兴府。历官翰林学士、参知政事。其词与朱敦儒风格相近，颇有清旷之气。南渡后，清旷中多悲怆。有《无住词》。

临江仙

夜登小阁，忆洛中旧游①

忆昔午桥桥上饮②，坐中多是豪英。长沟流月去无声③。杏花疏影里，吹笛到天明。　　二十余年如一梦，此身虽在堪惊。闲登小阁看新晴。古今多少事，渔唱起三更。

注释

① 词约作于绍兴五年（1135）前后。时作者南渡颠沛流离寓居湖州青墩镇。

② 午桥：在河南洛阳。唐裴度曾建别墅于此。

③ 长沟：此指流经午桥的溪水。

辑评

宋胡仔《苕溪渔隐丛话后集》卷三十四：此数语奇丽，《简斋

《临江仙》（忆昔午桥桥上饮）

集》后载数词,惟此词最优。

宋张炎《词源》卷下:末句最当留意,有有余不尽之意始佳……至若陈简斋"杏花疏影里,吹笛到天明"之句,真是自然而然。

金元好问《遗山先生文集·自题乐府引》:陈去非《怀旧》云:"忆昔午桥……"诗家谓之言外句,含咀之外,不传之妙,隐然眉睫间,惟具眼者乃能赏之。

明沈际飞《草堂诗余正集》:意思超越,腕力排弄,可摩坡仙之垒。

又:"流月"、"无声",巧语也。"吹笛"、"天明",爽语也。"渔唱"、"三更",冷语也。功业则歉,文章自优。

明李攀龙《草堂诗余隽》"天地无情吾辈老,江山有恨古人休",亦吊占伤今之意。

清许昂霄《词综偶评》:神到之作,无容拾袭,《渔隐》称为清婉奇丽,玉田称为自然而然,不虚也。

清张宗橚《词林纪事》卷八:思陵(宋徽宗)尝喜简斋"客子光阴诗卷里,杏花消息雨声中"之句,惜此词未经乙览,其受知更当如何耶?

清刘熙载《艺概·词曲概》:词之好处,有在句中者,有在句之前后际者。陈去非《虞美人》:"吟诗日日待春风,及到桃花开后却匆匆。"此好在句中者也。《临江仙》:"杏花疏影里,吹笛到天明。"此因仰承"忆昔"俯注"一梦",故此二句不觉豪酣转成怅悒,所谓好在句外者也。倘谓现在如此,则骇甚矣。

清黄苏《蓼园词评》:"长沟流月",即"月涌大江流"之意。言自去滔滔,而兴会不歇。首一阕是忆旧,至第二阕则感怀也。

清陈廷焯《白雨斋词话》卷一:笔意超旷,逼近大苏。

俞平伯《唐宋词简释》:结句开拓,点缀夜登小阁本题。全篇慷慨明快。

张元幹 （1091—1170?）字仲宗,自号芦川居士、真隐山人,福州(今属福建)人。为人刚直豪爽。靖康年间毅然投笔从戎,入李纲幕任行营属官。绍兴元年,因不满秦桧当权,辞官归隐。胡铨被贬时,因送胡铨《贺新郎》词被秦桧除名削籍。年轻时即有词名,其词多写时事,既有慷慨激昂之调,亦存清丽婉秀之音。有《芦川词》。

贺新郎

寄李伯纪丞相①

曳杖危楼去。斗垂天、沧波万顷,月流烟渚②。扫尽浮云风不定,未放扁舟夜渡。宿雁落、寒芦深处。怅望关河空吊影,正人间、鼻息鸣鼍鼓③。谁伴我,醉中舞④。　　十年一梦扬州路⑤。倚高寒,愁生故国,气吞骄虏。要斩楼兰三尺剑⑥。遗恨琵琶旧语⑦。谩暗涩、铜华尘土⑧。唤取谪仙平章看⑨。过苕溪、尚许垂纶否⑩？风浩荡,欲飞举。

注释

① 绍兴八年(1138),被罢官的抗金名臣李纲得知高宗赵构向金拜表称臣,慨然上书反对。张元幹得知后,作此词寄之,对他

76

的抗金主张表示坚决支持。李伯纪:李纲,字伯纪,高宗即位初曾起用为丞相。

② 烟渚:烟波笼罩的小洲。

③ 鼍(tuó)鼓:鼍皮蒙的鼓。此指鼾声如鼓,寓"众人皆醉"之意。

④ "谁伴我"二句:用东晋祖逖、刘琨闻鸡起舞故事,详见《晋书·祖逖传》。

⑤ "十年"句:建炎三年(1129)金兵占领扬州,距作者写此词,其间相隔十年。

⑥ 要斩楼兰:据《汉书·傅介子传》载,汉昭帝时,西域楼兰王勾结匈奴,多次杀害汉使。元凤四年(前77),傅介子出使楼兰,斩其王,以功封侯。此句表明作者抗金报国的雄心。

⑦ 琵琶旧语:唐杜甫咏王昭君出塞嫁匈奴,有"千载琵琶作胡语,分明怨恨曲中论"之句。作者借此表露宋金和议将成千古遗恨。

⑧ 铜华尘土:此指剑上的铜锈。

⑨ 谪仙:指唐诗人李白。贺知章一见呼为"谪仙人"。平章:评论。

⑩ 苕溪:源出浙江天目山,流入太湖,为当时文人游赏之地。垂纶:垂钓。

辑评

明杨慎《词品》卷三:张仲宗,三山人。以送胡澹庵及寄李纲词得罪,忠义流也。

清冯金伯《词苑萃编》卷之十三:张元幹以送胡铨及寄李纲

词坐罪，皆《金缕曲》也，元幹以此得名。

清黄苏《蓼园词评》：仲宗坐送胡邦衡及寄李伯纪词除名，其品节可知矣。

贺新郎

送胡邦衡待制①

梦绕神州路②。怅秋风、连营画角，故宫离黍③。底事昆仑倾砥柱，九地黄流乱注④。聚万落千村狐兔⑤。天意从来高难问，况人情、老易悲难诉⑥。更南浦⑦，送君去。　　凉生岸柳催残暑。耿斜河、疏星淡月⑧，断云微度。万里江山知何处？回首对床夜语⑨。雁不到、书成谁与？目尽青天怀今古，肯儿曹、恩怨相尔汝⑩？举大白⑪，听金缕⑫。

注释

① 绍兴八年（1138），秦桧与金议和，金派出使臣，竟称江南诏谕使。消息传来，身为枢密院编修官的胡铨愤然上书，求斩秦桧以谢天下，反被贬为福州签判。四年后，秦桧再以"饰非横

议"罪名,将其押送新州管制。词人闻之,愤而作此词为胡铨
送行。胡邦衡:胡铨,字邦衡。

② 神州:这里指中原沦陷区。

③ 故宫:指北宋汴京(今河南开封市)。离黍:《诗经·王风》篇
名,周平王东迁后,周大夫经过西周故都,见宫殿已然平地,
荒芜不堪,作诗以抒故国之思。

④ "底事"二句:喻指北宋王朝崩溃,金兵在中原肆意劫掠。底
事,为什么。昆仑,昆仑山。相传昆仑山上有铜柱,其高入
天,称为天柱。古人认为黄河源出昆仑山。九地,遍地。黄
流乱注,黄河泛滥成灾。此喻金兵为祸。

⑤ 狐兔:此指金兵。

⑥ "天意"二句:唐杜甫《暮春江陵送马大卿公恩命追赴阙下》
诗:"天意高难问,人情老易悲。"

⑦ 南浦:泛指送别之地。

⑧ 耿斜河:指夜深。耿,明亮。斜河,天河斜转,为夜深时天象。

⑨ 对床夜语:知己朋友深夜谈心。

⑩ "肯儿曹"句:即不愿像小字辈们那样彼此之间你恩我怨,作
无谓的情感纠葛。儿曹,儿辈。

⑪ 大白:酒杯。

⑫ 金缕:即《金缕曲》,《贺新郎》词调别名。

辑评

宋蔡戡《定斋集》卷十三《芦川居士词序》:微而显,哀而不

伤,深得《三百篇》讽刺之义。

宋魏庆之《魏庆之词话》:绍兴戊午之秋,枢密院编修官胡铨邦衡上书乞斩秦桧,得罪,责昭州监当。后四年,慈宁归养,秦讽台臣,论其前言弗效,除名,送新州编管。三山张仲宗以词送其行云(略)。又数年,秦始闻此词,仲宗挂冠已久,以它事追赴大理削籍焉。事见《挥麈后录》。二公虽见抑于一时,而流芳百世,视秦桧犹苏合香之于蜣螂丸也。

明杨慎《词品》卷三:此词虽不工,亦当传,况工致悲愤如此,宜表出之。

清刘熙载《艺概·词曲概》:词莫要于有关系,张元幹仲宗因胡邦衡谪新州,作《贺新郎》送之,坐是除名,然身虽黜而义不可没也。……然则词之兴观群怨,岂下于诗哉。

清李调元《雨村词话》卷三:元幹字仲宗,平生忠义,见于"梦绕神州路"一词。绍兴辛酉,胡澹庵邦衡上书乞斩秦桧被谪,仲宗作《贺新郎》一阕送之,坐是与作诗王民瞻除名。今其词列卷首,其人可知矣……此大异康与之之文章孔孟也。

清黄苏《蓼园词评》:仲宗坐送胡邦衡及寄李伯纪词除名,其品节可知矣。

清陈廷焯《白雨斋词话》卷六:皆慷慨激烈,发欲上指。词境虽不高,然足以使懦夫有立志。

张德瀛《词徵》:拔地倚天,句句欲活。

渔家傲

题玄真子图①

　　钓笠披云青障绕，橶头细雨春江渺，白鸟飞来风满棹。收纶了，渔童拍手樵青笑②。　　明月太虚同一照③，浮家泛宅忘昏晓④，醉眼冷看城市闹。烟波老，谁能惹得闲烦恼⑤。

注释

① 玄真子：唐人张志和号。唐颜真卿《浪迹先生玄真子张志和碑铭》："玄真子姓张氏，本名龟龄，东阳金华人……改名志和，字子同……浮三江，泛五湖，自谓烟波钓徒。著书十二卷。凡三万言，号玄真子，遂以称焉。"

② "渔童"句：唐颜真卿《浪迹先生玄真子张志和碑铭》："肃宗尝赐奴婢各一，玄真配为夫妻。名夫曰渔童，妻曰樵青。"

③ 明月太虚：《浪迹先生玄真子张志和碑铭》谓，张志和隐于江湖，竟陵子陆羽、校书郎裴修，尝诣问有何人往来，答曰："太虚作室而共居，夜月为灯以同照，与四海诸公未尝离别，有何往来？"

④ 浮家泛宅：以船为家。《浪迹先生玄真子张志和碑铭》谓：颜真卿以舴艋既敝，请命更之。答曰："愿以为浮家泛宅，沿溯江湖之上，往来苕、霅之间，野夫之幸矣。"

⑤ 闲烦恼:无关紧要的烦恼、是非,即世俗的是是非非。

辑评

宋胡仔《苕溪渔隐丛话》卷二:张仲宗有《渔家傲》一词云
(略)。余往岁在钱塘,与仲宗从游甚久,仲宗手写此词相示,云
旧所作也。其词第二句,元是"撅头雨细春江渺",余谓仲宗曰:
"撅头虽是船名,今以雨襟之,语晦而病,因为改作绿蓑雨细。"仲
宗笑以为然。

胡铨 （1102—1180）字邦衡，号澹庵，庐陵（今江西吉安）人。建炎二年（1128）进士，任枢密院编修官。因反对秦桧与金议和，被贬为福州签判。后除名，编管新州（今广东新兴），最终远送吉阳军（今海南岛南部），流落近二十年。桧死，移衡州。孝宗时，历官至权兵部侍郎。有《澹庵词》。

好事近①

富贵本无心，何事故乡轻别？ 空使猿惊鹤怨②，误薜萝秋月③。 囊锥刚要出头来④，不道甚时节。欲驾巾车归去，有豺狼当辙⑤。

注释

① 绍兴八年（1138），胡铨上书高宗反对议和，乞斩秦桧等三人之头，被贬福州签判。四年后，秦桧以"饰非横议"罪，将其押送新州（今广东新兴）管制。此词是在新州所作。

② 猿惊鹤怨：南朝孔稚圭《北山移文》："蕙帐空兮夜鹤怨，山人去兮晓猿惊。"

③ 薜萝：代指隐者之居。

④ "囊锥"句：据《史记·平原君列传》载，毛遂向平原君自荐，称自己如锥子置于布囊，终将脱颖而出，并不只是露出锥尖而已。

⑤ 豺狼当辙:《后汉书·张纲传》载,东汉顺帝时,梁冀专权,张纲斥为"豺狼当路"。此指秦桧当权误国。

辑评

李幼武《宋名臣言行录续集》卷五:先是,桧于一德格天阁下书赵鼎、李光、胡铨三人姓名。公时犹在新州,广帅王铁问知新州张棣曰:"胡铨何故未过海?"铨赋词云"欲驾巾车归去,有豺狼当辙。"棣即奏公不自省循,语言不逊,公然怨望朝廷。于是送海南编管命下。

清冯金伯《词苑萃编》卷之五:胡铨以上书论王伦、秦桧,谪吉阳军,又贬新州。张棣曰:"铨何故未过海。"铨偶为词云:"欲驾巾车归去,有豺狼当辙。"棣即迎桧意,奏铨怨望。于是送南海编管,流几二十年。愁狴饥蛟,涛濒波诡,有非人世所堪者。寿皇即位,首复官,即日召对,留侍经筵。杨万里称其骚词抉天之幽,泄神之腴,灵均以来,一人而已。

岳飞 (1103—1142)字鹏举,相州汤阴(今属河南)人。南宋抗金名将。一生戎马征战,以恢复为己任。带兵为南宋朝廷收复了湖北、河南、陕西大片土地。金人闻风丧胆。后因反对和议,被秦桧以"莫须有"罪名诬陷致死。今存词三首。

满江红

写　怀①

怒发冲冠,凭栏处、潇潇雨歇。抬望眼、仰天长啸,壮怀激烈。三十功名尘与土,八千里路云和月②。莫等闲、白了少年头,空悲切。　　　靖康耻③,犹未雪。臣子恨,何时灭!　驾长车踏破,贺兰山缺④。壮志饥餐胡虏肉,笑谈渴饮匈奴血。待从头、收拾旧山河,朝天阙⑤。

注释

① 绍兴四年(1134),岳飞由鄂州(今湖北武昌)统兵北上,克复襄阳六郡。捷报传来,朝野上下群情振奋。岳飞因功晋升为清远军节度使,其时年仅三十二。此词大约作于那时。

② "三十"二句:谓自己已经三十多岁,在战场上披星戴月,转战

八千余里,而得到的功名,却与尘土一样微不足道。

③ 靖康耻:指靖康二年(1127),金兵攻陷汴京,掳徽、钦二帝,中原失陷,北宋灭亡。靖康,宋钦宗年号。

④ 贺兰山:在今宁夏与内蒙古交界处,当时被金兵占领。

⑤ 天阙:皇帝居住的地方。

辑评

明沈际飞《草堂诗余正集》:胆量、意见、文章悉无今古。有此愿力,是大圣贤、大菩萨。

清沈雄《古今词话·词话》上卷:《满江红》忠愤可见,其不欲等闲白了少年头,可以明其心事。

清刘体仁《七颂堂词绎》:词有与古诗同义者,"潇潇雨歇",易水之歌也。

清丁绍仪《听秋声馆词话》卷九:至寓议论于协律宫,尤觉激昂慷慨,读之色舞。

清陈廷焯《云韶集》:何等气概,何等志向,千载下读之,凛凛有生气焉。"莫等闲"二语,当为千古箴铭。

韩元吉 (1118—1187)字无咎,号南涧,许昌(今属河南)人,寓居信州上饶(今属江西)。官至吏部尚书。与张元幹、张孝祥、范成大、陆游、辛弃疾等诗词唱和,风格亦近辛派。有《南涧诗余》。

霜天晓角

题采石峨眉亭①

倚天绝壁,直下江千尺。天际两蛾凝黛②。愁与恨,几时极! 暮潮风云急③,酒醒闻塞笛。试问谪仙何处,青山外④,远烟碧。

注释

① 采石:采石矶,在今安徽当涂西北,为牛渚山突出江中者。此处江面狭窄,地势险要,为兵家必争之地。峨眉亭:在牛渚绝壁上。

② "天际"句:指东、西梁山像两弯黛眉,浮现天际。

③ "暮潮"句:一作"怒潮风正急"。

④ 谪仙:谓李白。李白晚年住当涂,病死于青山(在当涂南,有李白墓在山北麓)。

辑评

元吴师道《吴礼部诗话》:此《霜天晓角》调也,未有能继之者。

袁去华 （生卒年不详）字宣卿,豫章奉新(今属江西)人。绍兴十五年(1145)进士,知石首县,淳熙三年(1176)尚在世。有《宣卿词》。

柳梢青

长 桥①

天接沧浪②,晴虹垂饮③,千步修梁。万顷玻璃,洞庭之外④,纯浸斜阳。 西风劝我持觞。况高栋、层轩自凉。饮罢不知,此身归处,独咏苍茫。

注释

① 长桥:即垂虹桥,在今江苏宜兴,相传为东晋周处斩蛟处。

② 沧浪:青碧色波浪。

③ "晴虹"句:形容垂虹桥气势宏伟。南朝宋刘敬叔《异苑》卷一:"晋义熙中,晋陵薛愿,有虹吸其釜澳,须臾嗡响便竭。愿辇酒灌之,随投随涸。"

④ 洞庭:太湖的别名。

陆游 (1125—1210)字务观,自号放翁,越州山阴(今浙江绍兴)人。南宋诗坛最著名的诗人之一,有"小李白"之称。词如其诗,随着一生的经历而有明显演变:早年才情勃发,词求工巧;中年任职蜀中,充满爱国激情;晚年退居故乡,以觞咏自娱,转为闲适恬淡。有《放翁词》。

蝶恋花

桐叶晨飘蛩夜语①。旅思秋光,黯黯长安路。忽记横戈盘马处,散关清渭应如故②。　江海轻舟今已具。一卷兵书,叹息无人付。早信此生终不遇,当年悔草《长杨赋》③。

注释

① 蛩(qióng):蟋蟀。

② 散关:大散关,在今陕西宝鸡西南大散岭上。清渭:指渭河,源出甘肃渭源鸟鼠山,东流经宝鸡、西安,至华阴入黄河。

③ 长杨赋:汉扬雄作。汉成帝在长杨宫令人博兽取乐,扬雄作赋讽谏。

辑评

清陈廷焯《白雨斋词话》卷八:放翁《蝶恋花》云:"早信此生

终不遇,当年悔草长杨赋。"情见乎词,更无一毫含蓄处。

鹧鸪天

送叶梦锡①

家住东吴近帝乡②,平生豪举少年场。十千沽酒青楼上③,百万呼卢锦瑟傍④。　身易老,恨难忘,尊前赢得是凄凉⑤。君归为报京华旧⑥,一事无成两鬓霜。

注释

① 词作于乾道九年(1173),时叶梦锡离成都赴建康任。叶梦锡:名衡,婺州金华(今属浙江)人。绍兴十八年(1148)进士及第。知荆南、成都,建康府,除户部尚书,累官至右丞相兼枢密使。

② 帝乡:指当时南宋都城临安(今浙江杭州)。

③ "十千"句:三国魏曹植《名都篇》云:"归来宴平乐,美酒斗十千。"青楼,妓院。

④ 呼卢:赌博。锦瑟:指代美女。

⑤ "尊前"句:用唐韩偓《五更》诗:"光景旋消惆怅在,一生赢得

是凄凉。"

⑥ 京华旧：京城的老朋友。

辑评

清谭献《复堂词话》：放翁秾纤得中，精粹不少。南宋善学少游者惟陆。

秋波媚

七月十六晚登高兴亭望长安南山①

秋到边城角声哀，烽火照高台②。悲歌击筑，凭高酹酒，此兴悠哉！　　多情谁似南山月，特地暮云开。　灞桥烟柳③，曲江池馆④，应待人来。

注释

① 乾道八年（1172），陆游受四川宣抚使王炎之聘，到南郑襄理军务。此词便作于到达南郑当年的七月十六日。高兴亭：作者《重九无菊有感》自注："高兴亭在南郑子城西北，正对南山。"又《辛丑正月三日雪》自注："予从戎日，尝大雪中登兴元城上高兴亭，待平安火至。"南山：即终南山。

② 烽火：此指报告前线无事的平安烽火。

③ 灞桥：在陕西长安东，古人送行多在此折柳赠别。

④ 曲江：在陕西长安东南，为游览胜地。

辑评

清刘熙载《艺概·词曲概》：陆放翁词，安雅清赡，其尤佳者在苏、秦间。然乏超然之致，天然之韵，是以人得测其所至。

诉衷情①

当年万里觅封侯，匹马戍梁州②。关河梦断何处，尘暗旧貂裘③。　　胡未灭，鬓先秋，泪空流。此身谁料，心在天山④，身老沧洲⑤。

注释

① 词当作于词人晚年退居山阴时。

② 梁州：指今陕西南郑一带。

③ 貂裘：貂皮衣服。

④ 天山：即祁连山。此指抗金前线。

⑤ 沧洲：隐士住处。此指投散置闲之境。

《诉衷情》（当年万里觅封侯）

俞平伯《唐宋词简释》下卷：(末三句)有"老骥伏枥,志在千里"意。

谢池春

壮岁从戎,曾是气吞残虏。阵云高^①、狼烟夜举。朱颜青鬓,拥雕戈西戍。笑儒冠、自来多误^②。功名梦断,却泛扁舟吴楚。漫悲歌、伤怀吊古。烟波无际,望秦关何处^③? 叹流年、又成虚度。

注释

① 阵云:即战云,战尘。

② "笑儒冠"句:用唐杜甫《奉赠韦左丞丈二十二韵》:"纨绔不饿死,儒冠多误身。"儒冠,代指儒生。

③ 秦关:这里指代作者壮年从军的陕西汉中一带。

辑评

清陈廷焯《白雨斋词话》卷一:放翁词亦为当时所推重,几欲与稼轩颉颃。然粗而不精,枝而不理,去稼轩甚远。

汉宫春

初自南郑来成都作①

羽箭雕弓，忆呼鹰古垒②，截虎平川。吹笳暮归，野帐雪压青毡。淋漓醉墨，看龙蛇飞落蛮笺③。人误许，诗情将略，一时才气超然。　　何事又作南来，看重阳药市④，元夕灯山⑤。花时万人乐处⑥，欹帽垂鞭⑦。闻歌感旧，尚时时、流涕尊前。君记取，封侯事在，功名不信由天⑧。

注释

① 词作于乾道九年(1173)初,当时作者改任成都府路安抚司参议,由南郑调至成都。

② 呼鹰:打猎时放鹰猎取目标。古垒:前代遗留的军事工事。

③ 龙蛇:喻草书笔势。蛮笺:蜀地所产的一种彩色笺纸。

④ 重阳药市:据宋陈元靓《岁时广记》载:蜀中成都九月九日为药市,当天一大早,士女皆入市中,吸药气愈疾,并令人康宁。

⑤ 元夕灯山:宋时每年正月十五官府在各大城市中心街市设花灯展览。

⑥ "花时"句:宋陆游《老学庵笔记》卷八记:"四月十九日,成都谓之浣花。遨头宴于杜子美沧浪亭,倾城皆出,锦绣夹道。

自开岁宴游,至是而止,故最盛于他时。"

⑦ 攲(qí)帽:歪戴着帽子。垂鞭:慢慢地骑马而行。

⑧ "功名"句:《论语·颜渊》:"死生有命,富贵在天。"此处反用
   其义。

辑评

　　俞陛云《唐五代两宋词选释》:放翁独老犹作健,当其上马打
围,下马草檄,何等豪气! 迨漫游蜀郡,人乐而我悲,怆然怀旧,
而封侯夙志,尚欲以人定胜天,可谓壮矣。此词奋笔挥洒,其才
气与东坡、稼轩相似。汲古阁刻其词集,谓"超爽处更似稼
轩"耳。

张孝祥 (1132—1169)字安国,号于湖居士,历阳乌江(今安徽和县乌江镇)人。绍兴二十四年(1154)进士第一。因上疏言岳飞冤情,为秦桧所忌。秦桧死,始得隆遇。后因支持张浚北伐、反对隆兴和议而两度罢官。词承苏轼雄放旷逸风格。有《于湖词》。

六州歌头①

长淮望断,关塞莽然平②。征尘暗,霜风劲,悄边声。黯销凝。追想当年事,殆天数,非人力;洙泗上,弦歌地③,亦膻腥。隔水毡乡,落日牛羊下,区脱纵横④。看名王宵猎,骑火一川明。笳鼓悲鸣,遣人惊。　　念腰中箭,匣中剑,空埃蠹⑤,竟何成。时易失,心徒壮,岁将零。渺神京⑥。干羽方怀远⑦,静烽燧⑧,且休兵。冠盖使,纷驰骛⑨,若为情?闻道中原遗老,常南望、翠葆霓旌⑩。若行人到此,忠愤气填膺,有泪如倾。

注释

① 隆兴元年(1163),张浚挥师北伐,兵败符离,朝廷主和派因而得势,酝酿"隆兴和议"。张孝祥有感于此,在一次建康留守

的宴席上写下这首满怀悲愤之作。"张魏公(张浚)读之,罢席而入"(《朝野遗记》)。

② 莽然平:指关塞埋没在草木丛中。

③ "洙泗"二句:指孔子生活和讲学的地方。洙水和泗水,均流经孔子故乡山东曲阜。弦歌地,指孔子讲学之所。

④ 区(ōu)脱:胡人侦察的土室。这里指金兵的哨所。

⑤ 埃蠹(dù):蒙尘生虫。蠹,生虫。

⑥ 神京:指北宋都城汴京。

⑦ "干羽"句:干羽,舞者所执的盾和雉尾。怀远,安抚边远部族,此指与金人讲和。

⑧ 烽燧:黑夜举火为烽,白天升烟为燧。古代边境报警方法。

⑨ 驰骛(wù):奔走。

⑩ 翠葆:天子的车驾,以翠羽为饰。霓旌:五彩的旌旗,供天子使用。

辑评

明毛晋《于湖词跋》:于湖《歌头》诸曲骏发踔厉,寓以诗人句法者也。

清刘熙载《艺概·词曲概》:张孝祥安国于建康留守席上赋《六州歌头》,至感重臣罢席,然则词之兴观群怨,岂下于诗哉!

清沈雄《古今词话·词评》:安国在建康留守魏公席上,赋《六州歌头》,感愤淋漓,魏公为之罢饮而入,则其词之足以动人者也。

清陈廷焯《白雨斋词话》卷六：张孝祥《六州歌头》一阕，淋漓痛快，笔饱墨酣，读之令人起舞。惟"忠愤气填膺"一句，提明忠愤，转浅转显，转无余味。或亦耸当途之听，出于不得已耶？

清冯煦《蒿庵论词》：于湖在建康留守席上赋《六州歌头》，感愤淋漓，主人为之罢席。

张德瀛《词徵》卷五：皆所谓拔地倚天，句句欲活者。

水调歌头

闻采石矶战胜①

雪洗虏尘静②，风约楚云留③。何人为写悲壮，吹角古城楼。湖海平生豪气④，关塞如今风景，剪烛看吴钩⑤。剩喜燃犀处⑥，骇浪与天浮。　　忆当年，周与谢⑦，富春秋。小乔初嫁，香囊未解⑧，勋业故优游，赤壁矶头落照，肥水桥边衰草，渺渺唤人愁。我欲乘风去⑨，击楫誓中流⑩。

注释

① 宋高宗绍兴三十一年(1161)十一月，虞文允于采石矶击溃金

主完颜亮南侵之军,时词人为抚州(今属江西)知府,闻之大喜,作此词以贺。

② 虏尘:金兵入侵的战尘。

③ "风约"句:楚云为风所阻而留驻。喻指词人在江西任职,未能参与战斗。

④ "湖海"句:《三国志·陈登传》:"许汜与刘备并在荆州牧刘表坐,表与备共论天下人。汜曰:'陈元龙湖海之士,豪气未除。'"

⑤ 吴钩:宝刀名,相传春秋时吴王命人所铸。此泛指兵器。

⑥ "剩喜"句:剩喜,更喜。燃犀处,指采石矶。《晋书·温峤传》载,温峤奉命平乱,至牛渚矶(即采石矶),水深不可测,人云其下多怪物,乃燃犀角而照之,须臾见水族被火所灭,形状甚奇异。

⑦ 周与谢:指周瑜和谢玄。周瑜于赤壁击溃曹军,谢玄在淝水击溃前秦苻坚军。当时二人分别只有三十四岁和四十一岁,故曰"富春秋"。

⑧ "小乔"二句:指周瑜、谢玄建功立业时尚很年轻。小乔,周瑜妻。香囊未解,指谢玄。《晋书》载谢玄少时喜佩紫香囊。

⑨ 乘风:指宏大志向。《南史·宗悫传》:"叔父少文,高尚不仕。悫年少,问其所志。悫答曰:'愿乘长风破万里浪。'"

⑩ 击楫誓中流:《晋书·祖逖传》载,祖逖统兵北伐,渡江至中流,击楫而誓:"祖逖不能清中原而复济者,有如大江!"

辑评

明杨慎《词品》卷四：如《歌头》、《凯歌》（即《水调歌头·闻采石战胜》）诸曲，骏发踔厉，寓以诗人句法者也。

清冯煦《蒿庵论词》：于湖在建康留守席上赋《六州歌头》，感愤淋漓，主人为之罢席。他若《水调歌头》之"雪洗虏尘静"一首……率皆睠怀君国之作。

念奴娇

过洞庭①

洞庭青草②，近中秋、更无一点风色。玉鉴琼田三万顷③，着我扁舟一叶。素月分辉，明河共影，表里俱澄澈。悠然心会，妙处难与君说。　　应念岭海经年④，孤光自照，肝胆皆冰雪。短发萧疏襟袖冷⑤，稳泛沧溟空阔⑥。尽吸西江，细斟北斗⑦。万象为宾客⑧。叩舷独啸，不知今夕何夕⑨。

注释

① 词作于乾道二年(1166)；当时作者因遭谗言中伤而被罢官从

广西北归。

② 洞庭青草:湖南洞庭湖与青草湖。唐宋时两湖有沙洲相隔,
涨水则连成一片。

③ 玉鉴琼田:形容月下湖面美景。

④ 岭海:两广之地,北靠五岭,南临南海,故称。

⑤ 萧疏:稀落。

⑥ 沧溟:茫茫大水。

⑦ "尽吸"二句:以江水为酒北斗为器豪饮。西江,西来的大江。
《元和郡县志》卷二十八:"巴陵城对三江口,岷江为西江,澧
江为中江,湖湘江为南江。"细斟北斗,因北斗星座状如舀酒
之斗取喻。《楚辞·东君》有:"援北斗兮酌桂浆。"

⑧ 万象:天地间万物。

⑨ "不知"句:《诗·唐风·绸缪》:"今夕何夕,见此良人。"后以
指良辰。

辑评

宋叶绍翁《四朝闻见录》:张于湖尝舟过洞庭,月照龙堆,金
沙荡射,公得意命酒,倡歌所作词,呼群吏而酌之,曰:"亦人子
也。"其坦率皆类此。

宋魏了翁《鹤山大全集》卷五十《跋张于湖〈念奴娇〉词真迹》:
张于湖有英姿奇气,著名湖湘间,未为不遇。洞庭所赋,在集中最
为杰特。方其吸江酌斗,牢笼万象时,讵知世间有紫微青锁哉?

明田艺蘅《留青日札》:……张安国词"更无一点风色",夫

月、云、风也、马也、楼也，皆谓之一点，甚奇。

清黄苏《蓼园词评》：写景不能绘情，必少佳致。此题咏洞庭，若只就洞庭落想，纵写得壮观，亦觉寡味。此词开首，从"洞庭"说至"玉界琼田三万顷"，题已说完，即引入"扁舟一叶"，以下从舟中人心迹与湖光映带，写隐现离合，不可端倪。镜花水月，是二是一。自尔神采高骞，兴会洋溢。

清查礼《铜鼓书堂词话》：集内《念奴娇·过洞庭》一解，最为世所称颂。其中如："玉界琼田三万顷，着我扁舟一叶。素月分辉，明河共影，表里俱澄澈。"又云："短鬓萧疏襟袖冷，稳泛沧溟空阔。尽吸西江，细斟北斗，万象为宾客。叩舷独啸，不知今夕何夕。"此皆神来之句，非思议所能及也。

清宋翔凤《乐府余论》：故北宋之妆，未尝不和，由自治有策。南宋之末，未尝不言战，以自治无策。于湖《念奴娇》词云："悠然心会，妙处难与君说。"亦惜朝廷难与畅陈此理也。

清王闿运《湘绮楼评词》：飘飘有凌云之气，觉东坡《水调》有尘心。

浣溪沙

荆州约马举先登城楼观塞①
霜日明霄水蘸空②，鸣鞘声里绣旗红，澹烟衰草有无中。　　万里中原烽火北，一尊浊酒戍楼东，酒阑挥泪向悲风③。

注释

① 词作于孝宗乾道四年(1168)，时词人任荆南兼荆湖北路安抚使。荆州：今湖北江陵。
② 水蘸空：形容天空明净似水。
③ 酒阑：行酒将尽。

辑评

清陈廷焯《白雨斋词话》卷六：慷慨激烈，发欲上指。词境虽不高，然足以使懦夫有立志。

清冯煦《蒿庵论词》：他若……《浣溪沙》之"霜日明霄"一首，率皆睠怀君国之作。

西江月

题溧阳三塔寺①

问讯湖边春色，重来又是三年。东风吹我过湖船，杨柳丝丝拂面。　　世路如今已惯，此心到处悠然。寒光亭下水如天②，飞起沙鸥一片。

注释

① 溧阳:今属江苏。三塔寺:位于溧阳西七十里。

② 寒光亭:亭名,在三塔寺。

辑评

清查礼《铜鼓书堂词话》:汤衡序紫微词云:"于湖平昔为词,未尝着笔。豪酣兴健,挥洒满幅,顷刻即成,无一字无来处。"

水调歌头

过岳阳楼作①

湖海倦游客,江汉有归舟②。西风千里,送我今夜岳阳楼。日落君山云气③,春到沅湘草木④,远思渺难收。徙倚栏干久,缺月挂帘钩。 雄三楚⑤,吞七泽⑥,隘九州⑦。人间好处,何处更似此楼头?欲吊沉累无所⑧,但有渔儿樵子,哀此写离忧⑨。回首叫虞舜,杜若满芳洲⑩。

注释

① 词作于乾道五年(1169),当时作者自荆州致仕东归。岳阳楼:在今湖南岳阳城西,下瞰洞庭湖,古来为游览胜地。

② "江汉"句:唐杜甫《江汉》诗:"江汉有归客。"词用其意。

③ 君山:在洞庭湖中,一名湘山。

④ 沅湘:沅水和湘水,湖南境内两大河流,汇入洞庭湖。

⑤ 三楚:秦汉时将战国楚地分为东、南、西三楚,相当于今湖南、湖北一带。

⑥ 七泽:泛指古时楚地的大小湖泊。

⑦ 九州:古人将中国分成九州,此统称中国全境。

⑧ 沉累:指屈原。累,无罪而死。

⑨ 离忧:《史记·屈原列传》:"(屈原)忧愁幽思而作《离骚》。离骚者,犹离忧也。"

⑩ "回首"二句:"回首"句用杜甫《同诸公登慈恩寺塔》成句。"杜若"句用屈原《九歌·湘君》"采芳洲兮杜若,将以遗兮下女"诗意。杜若,一种香草。

辑评

明杨慎《词品》卷四:平昔为词,未尝着稿,笔酣兴健,顷刻即成,无一字无来处。如《歌头》、《凯歌》诸曲,骏发蹈厉,寓以诗人句法者也。

106

辛弃疾 (1140—1207)字幼安,号稼轩,历城(今属山东济南)人。二十一岁参加耿京抗金义军,为掌书记,不久投归南宋,先后在江西、湖北、湖南、福建、浙东等地担任地方官,因积极抗金遭主和派疑忌,免官闲居达二十年之久。其词多表现英雄报国之怀与沉痛失志之愤,风格沉雄豪壮,于唐宋诸大家之外,别树一帜。有《稼轩长短句》。

水龙吟

登建康赏心亭①

楚天千里清秋,水随天去秋无际。遥岑远目②,献愁供恨,玉簪螺髻③。落日楼头,断鸿声里,江南游子。把吴钩看了④,栏干拍遍,无人会,登临意。休说鲈鱼堪脍,尽西风、季鹰归未⑤? 求田问舍,怕应羞见,刘郎才气⑥。可惜流年,忧愁风雨,树犹如此⑦。倩何人唤取,红巾翠袖⑧,揾英雄泪⑨?

注释

① 淳熙元年(1174),辛弃疾应叶衡之聘,任江东安抚司参议官,因登建康城西赏心亭游览而作此词。建康:今江苏南京。赏心亭:位于建康下水门,临秦淮,尽观览之胜。

② 遥岑(cén):即远山。

③ 玉簪螺髻:形容群山像美人头上的玉簪和发髻。

④ 吴钩:宝刀名。

⑤ "休说"二句:用张翰辞官典。据《世说新语·识鉴》载,西晋张季鹰(翰)在洛阳为官,见秋风起,乃思吴中菰菜羹、鲈鱼脍,遂辞官回家。

⑥ "求田"三句:用刘备讥许汜典。据《三国志·陈登传》载,许汜对刘备说,自己去见陈登时,陈登很久不理他,并自己睡大床,让他卧下床。刘备听后表示,陈登关心国家大事,而许汜去"求田问舍",自然要受冷遇。若是他,更要睡到百尺楼上,让许汜睡在地下,岂止相差上下床呢?

⑦ 树犹如此:据《世说新语·言语》载,东晋桓温北伐,途经金城,见自己过去种的柳树已有十围之粗,便感叹说:"木犹如此,人何以堪!"

⑧ 红巾翠袖:代指女子。

⑨ 揾(wèn):擦拭。

辑评

清谭献《复堂词话》:裂竹之声,何尝不潜气内转。

清李佳《左庵词话》卷上:辛稼轩词,慷慨豪放,一时无两,为词家别调。集中多寓意作,……又如"把吴钩看了,阑干拍遍,无人会、登临意"……此类甚多,皆为北狩南渡而言。以是见词不徒作,岂仅批风咏月。

清邓廷桢《双砚斋词话》：世称词之豪迈者，动曰苏、辛。不知稼轩词，自有两派，当分别观之。如……《水龙吟》之"楚天千里清秋，水随天去秋无际。遥岑远目，献愁供恨，玉簪螺髻"，皆独茧初抽，柔毛欲腐，平欺秦、柳，下轹张、王。宗之者固仅袭皮毛，诋之者亦未分肌理也。

俞陛云《唐五代两宋词选释》：前四句写登临所见，起笔便有浩荡之气。"落日"句以下，由登楼说到旅怀，而仍不说尽，仅以吴钩独看，略露其不平之气。下阕写旅怀，即使归去奇狮卜筑，而生平未成一事，亦羞见刘郎。"流年"二句以单句旋折，弥见激昂。结句言英雄之泪，未要人怜，倘揾以红巾，或可破颜一笑，极言其潦倒，仍不减其壮怀也。

太常引

建康中秋为吕叔潜赋①

一轮秋影转金波②，飞镜又重磨③。把酒问姮娥④：被白发、欺人奈何⑤！　　乘风好去⑥，长空万里，直下看山河。斫去桂婆娑，人道是、清光更多⑦。

注释

① 词作于宋淳熙元年(1174),时作者在建康任江东安抚司参议官。吕叔潜:名大虬,生平不详。

② 秋影:秋月。金波:月光。

③ 飞镜:指月。

④ 姮娥:嫦娥,传说中的月中仙子。

⑤ "被白发"句:唐薛能《春日使府寓怀》:"青春背我堂堂去,白发欺人故故生。"

⑥ 乘风好去:宋苏轼《水调歌头》有"我欲乘风归去"句。

⑦ "斫去"二句:唐杜甫《一百五日夜对月》诗:"斫却月中桂,清光应更多。"婆娑,枝叶纷披貌。传说月中有桂树,吴刚学仙有过,被罚斫之。

辑评

清周济《宋四家词选目录序论》:所指甚多,不止秦桧一人而已。

贺新郎

同父见和,再用前韵①

老大那堪说。似而今、元龙臭味,孟公瓜葛②。

我病君来高歌饮，惊散楼头飞雪。笑富贵、千钧如发③。硬语盘空谁来听④？记当时、只有西窗月。重进酒，换鸣瑟。　　　事无两样人心别。问渠侬⑤：神州毕竟，几番离合⑥？汗血盐车无人顾⑦，千里空收骏骨⑧。正目断、关河路绝。我最怜君中宵舞⑨，道"男儿到死心如铁"。看试手，补天裂⑩。

注释

① 淳熙十五年(1188)，陈亮自浙江东阳到江西上饶带湖访辛弃疾，晤谈十日而归。辛先作《贺新郎》赠陈，陈次韵以和，辛再用原调原韵作此篇。

② "元龙"二句：意谓与陈亮志气相投。元龙，三国时人陈登字，许汜称其"湖海之士，豪气不除"。孟公，西汉陈遵字。《汉书·游侠列传》称其嗜酒好客，为人推重。瓜葛，比喻亲友互相牵连。

③ 千钧如发：视千钧之重如一发之轻。

④ 硬语盘空：语言刚劲健拔。此指不合时人口味的言论。唐韩愈《荐士》诗："横空盘硬语，妥帖力排奡。"

⑤ 渠侬：他人，他们，古吴语。此指当政者。

⑥ 离合：偏义复词，重在"离"，指中原被占。

⑦ 汗血盐车：以良马拖盐车，喻埋没人才。汗血，大宛良马，汗出如血，日行千里。

⑧ "千里"句:《战国策·燕策》载,郭隗对燕昭王说,古人出千金
重价买千里马,三年没有买到,看到一匹好马已死,用五百金
买了它的骨头。不到一年,就买到三匹千里马。后人用这个
故事来比喻急切求贤。

⑨ 中宵舞:用祖逖"闻鸡起舞"典。

⑩ 补天裂:古有女娲炼石补天神话,此喻收复中原大业。

丑奴儿

书博山道中壁①

少年不识愁滋味,爱上层楼。爱上层楼,为赋新
词强说愁。　　而今识尽愁滋味,欲说还休。欲说还
休,却道天凉好个秋。

注释

① 此是作者被劾去职、闲居带湖(1181—1192)时题壁之作。博
山:地名,在今江西境内。

辑评

明卓人月、徐士俊《古今词统》:前是强说,后是强不说。

俞平伯《唐宋词选释》下卷：今昔对比，含蓄而又分明。中间用叠句转折。末句似近滑，于极流利中仍见此老倔强的意志。将烈士暮年之感恰好写为长短句，"粗豪"云云，殆不足以尽稼轩。"秋"仍绾合"愁"字，如吴文英《唐多令》"何处合成愁，离人心上秋"。

破阵子

为陈同甫赋壮词以寄①

醉里挑灯看剑，梦回吹角连营②。八百里分麾下炙③，五十弦翻塞外声④。沙场秋点兵。　　马作的卢飞快⑤，弓如霹雳弦惊。了却君王天下事⑥，赢得生前身后名。可怜白发生。

注释

① 陈同甫：陈亮，字同甫。

② 梦回：梦醒。

③ 八百里：指牛。语见《世说新语·汰侈》。麾（huī）下：部下。炙：烤肉。

④ 五十弦：指瑟。这里泛指乐器。翻：演奏。

⑤ 的卢:一种烈性快马。

⑥ 君王天下事:指抗金复国大业。

辑评

明卓人月、徐士俊《古今词统》卷十:搔着同甫痒处。

清陈廷焯《云韶集》卷五:字字跳掷而出,"沙场"五字,起一片秋声,沉雄悲壮,凌轹千古。

梁启超《饮冰室评词》丙卷:无限感慨,哀同甫亦自哀也。

鹧鸪天

有客慨然谈功名,因追念少年时事,戏作

壮岁旌旗拥万夫,锦襜突骑渡江初①。燕兵夜娖银胡䩦②,汉箭朝飞金仆姑③。　　追往事,叹今吾,春风不染白髭须④。却将万字平戎策⑤,换得东家种树书。

注释

① "壮岁"二句:《宋史·辛弃疾传》载:绍兴三十二年(1162),作者与耿京统领抗金义军,决策南向,作者奉表归宋时,叛徒张

安国杀耿京降金。作者闻知,率五十骑趋金营,生擒张安国,
投归南宋。时年二十三。壮岁,少壮之时。锦襜(chān)突
骑,身穿锦衣的精锐骑兵。

② "燕兵"句:意谓自己领军连夜整治武器。燕兵,此指金地义
兵。娖(chuò),整治,整理。银胡䩮(lù),银色箭袋。

③ "汉箭"句:清早出击敌人。汉,此指宋兵。金仆姑,良箭名。

④ "春风"句:指青春岁月去即不返。语本宋欧阳修《圣无忧》词
"春风不染髭须"。

⑤ 万字平戎策:指作者所写的《美芹十论》、《九议》等。万字,犹
"万言书"。平戎策,平定外族入侵的策略,此指抗金计策。

辑评

金刘祁《归潜志》卷八:党承旨怀英,辛尚书弃疾,俱山东人。
少属同舍,金国初遭乱,俱在兵间。辛一旦率千骑南渡,显于
宋……后辛退闲,有词《鹧鸪天》云(略)。盖纪其少时事也。

明卓人月、徐士俊《古今词统》卷七:用珠玉金银最忌浓俗,
若尧章"剪烛屡呼金凿落,倚窗闲品玉参差",与此("燕兵"二句)
并雅。

清陈廷焯《白雨斋词话》卷一:稼轩《鹧鸪天》云:"却将万字
平戎策,换得东家种树书。"衰而壮,得毋有"烈士暮年"之慨耶?

又:卷八:稼轩《鹧鸪天》云:"却将万字平戎策,换得东家种
树书。"亦即放翁之意(指陆游《蝶恋花》:"早信此生终不遇,当年
悔草《长杨赋》。"),而气格迥乎不同,彼浅而直,此郁而厚也。

西江月

遣 兴

醉里且贪欢笑，要愁那得工夫。近来始觉古人书，信着全无是处①。　　昨夜松边醉倒，问松"我醉何如"？只疑松动要来扶，以手推松曰："去！"②

注释

① "近来"二句：《孟子·尽心》："尽信书，则不如无书。"
② "以手推松"句：《汉书·龚胜传》："（龚胜）以手推（夏侯）常曰：'去！'"此效其句法。

辑评

清王士禛《花草蒙拾》：稼轩虽入粗豪，尚饶气骨。其不堪者，如"以手推松曰去"。

夏承焘《月轮山词论集·辛词论纲》：全词写醉酒心情，欢之可贪，因为它暂得之不易；古书之不可信，因为当时南宋的社会现实已经不似古书里所说的。下片写自己性格倔强……这样写闲适，和朱敦儒一班人的"拖条筇仗家家竹，上个篮舆处处山"，显然是另一种心情。

南乡子

登京口北固亭有怀①

何处望神州②，满眼风光北固楼。千古兴亡多少事？悠悠。不尽长江滚滚流。 年少万兜鍪③，坐断东南战未休④。天下英雄谁敌手？曹刘。生子当如孙仲谋⑤。

注释

① 宋宁宗嘉泰三年(1203)六月，稼轩被起用为绍兴知府兼浙东安抚使，次年移知镇江(即京口)。词作于此时。京口：今江苏镇江。北固亭：在镇江城北北固山上。

② 神州：中国。此指为金人所占的中原地区。

③ 年少：代指孙权。兜鍪(móu)：头盔，此指士兵。

④ 坐断：占据。

⑤ 孙仲谋：孙权，字仲谋。《三国志·吴主传》裴松之注引《吴历》：曹操见东吴军容整肃，喟然叹曰："生子当如孙仲谋，刘景升儿子若豚犬耳。"

辑评

清陈廷焯《云韶集》卷五：魄力雄大，虎视千古。东坡词极名士之雅，稼轩词极英雄之气，千古并称，而稼轩更胜。

《南乡子》（何处望神州）

又《词则·放歌集》卷一：信手拈来，自然合拍。

永遇乐

京口北固亭怀古①

千古江山，英雄无觅，孙仲谋处②。舞榭歌台，风流总被，雨打风吹去。斜阳草树，寻常巷陌，人道寄奴曾住③。想当年，金戈铁马，气吞万里如虎。

元嘉草草，封狼居胥，赢得仓皇北顾④。四十三年⑤，望中犹记，烽火扬州路。可堪回首，佛狸祠下⑥，一片神鸦社鼓⑦。凭谁问，廉颇老矣，尚能饭否⑧？

注释

① 开禧元年（1205），朝侂胄为巩固自己的权势，准备北伐。六十六岁的辛弃疾被任命为镇江知府。词人既喜且忧，登京口北固亭而作此词。

② 孙仲谋：三国时吴国国主孙权，字仲谋。他承父兄基业，称霸江南，曾建都京口。

③ 寄奴：南朝时宋武帝刘裕，小字寄奴。

④ "元嘉"三句：刘裕之子宋文帝刘义隆于元嘉年间，命王玄谟北伐魏，企图建立汉代霍去病大破匈奴、封狼居胥山而还的功绩，却因准备不足而仓皇败退。封，古代在山上筑坛祭天的仪式。狼居胥，又名狼山，在今内蒙古西北。

⑤ 四十三年：指四十三年前（1162）作者率众南归。此前作者在扬州以北的金统治区抗金作战。

⑥ 佛狸祠：魏太武帝小字佛狸。他率军击败南朝宋文帝军队后，追至长江北岸瓜步山（今江苏六合县），在山上建立行宫，后人称佛狸祠。

⑦ 神鸦：祭祀之后，飞来啄食祭品的乌鸦。社鼓：社日祭神的鼓声。

⑧ "凭谁问"三句：用廉颇典。战国时赵国名将廉颇，晚年遭谗出奔魏国。赵王想重新启用，派使者前往了解其健康情况。他当场吃了一斗米饭，十斤肉，并披甲上马，表示还能战斗。但使者受奸臣贿赂，回去对赵王谎称：廉颇虽能吃饭，但一餐饭间三次上厕所。赵王信以为真，没有起用他。

辑评

宋岳珂《桯史》卷三：微觉用事多耳。

宋罗大经《鹤林玉露》甲编卷一：此词集中不载，尤隽壮可喜。

清冯金伯《词苑萃编》卷五《品藻》引《升庵词话》：辛词当以

京口北固亭怀古《永遇乐》为第一。

清先著、程洪《词洁》卷五：发端便欲涕落。后段一气奔注，笔不得遏。廉颇自拟，慷慨壮怀，如闻其声，谓此词用人名多者，当是不解词味。

清王奕清《历代词话》卷八：辛稼轩每开宴，必令侍姬歌所作词，特好歌《贺新郎》，自诵其中警句"我见青山多妩媚，料青山见我应如是"与"不恨古人吾不见，恨古人不见我狂耳。"顾问坐客何如。既而作《永遇乐》："千古江山，英雄无觅，孙仲谋处。"特置酒招客，使妓按歌自击节，遍问客，必使摘其疵。客逊谢不可，或措一二语不契，又弗答。相台岳珂年最少，率然对曰："童子何知，而敢有议，必欲如范希文以千金求严陵记一字之易，则晚进窃有议也。"稼轩促膝使毕其说。珂曰："前篇豪视一世，独前后二警语差相似，新作微觉用事多耳。"稼轩大喜，谓座客曰："夫夫也，实中余痼。"乃味改其语，日数十易，累月未竟。

清谭献《复堂词话》：起句嫌有犷气。使事太多，宜为岳氏所讥。非稼轩之盛气，勿轻染指也。

又：（起句"千古江山"）以古文长篇法行之。

清田同之《西圃词说》：稼轩词以"佛狸祠下，一片神鸦社鼓"为最，过此则颓放矣。

清周济《宋四家词选》：（评上片）有英主则可以隆中兴，此是正说。英主必起于草泽，此是反说。（评下片）继世图功，前车如此。

清李佳《左庵词话》卷上：此阕悲壮苍凉，极咏古能事。

清陈廷焯《白雨斋词话》卷一：稼轩词如《永遇乐》"京口北固亭怀古"等类，才气虽雄，不免粗鲁。世人多好读之，无怪稼轩为后世叫嚣者作俑矣。读稼轩词者，去取严加别白，乃所以爱稼轩也。

又《云韶集》卷五：句句有金石声，吾怖其神力。

又《词则·放歌集》卷一：如五都市中，百宝杂陈。又如淮阴将兵，多多益善。风雨纷飞，鱼龙百变，天地奇观也。

陈洵《海绡说词》：金陵王气，始于东吴。权不能为汉讨贼，所谓英雄，亦仅保江东耳。事随运去，本不足怀，"无觅"亦何恨哉。至于寄奴王者，则千载如见其人。"寻常巷陌"胜于"舞榭歌台"远矣。以其能虎步中原，气吞万里也。后阕谓元嘉之政，尚足有为。乃草草卅年，徒忧北顾，则文帝不能继武矣。自元嘉二十九年，更谋北伐无功。明年癸巳，至齐明帝建武二年，此四十三年中，北师屡南，南师不复北。至于魏孝文济淮问罪，则元嘉且不可复见矣。故曰"望中犹记"、曰"可堪回首"。此稼轩守南徐日作，全为宋事寄慨。"廉颇老矣，尚能饭否"，谓己亦衰老，恐无能为也。使事虽多，脉络井井可寻，是在知人论世者。

水龙吟

为韩南涧尚书寿甲辰岁[①]

渡江天马南来[②]。几人真是经纶手[③]。长安父老④，新亭风景，可怜依旧⑤。夷甫诸人，神州沈陆⑥，几曾回首。算平戎万里，功名本是，真儒事、君知否。　　况有文章山斗⑦。对桐阴、满庭清昼⑧。当年堕地，而今试看，风云奔走⑨。绿野风烟，平泉草木，东山歌酒⑩。待他年，整顿乾坤事了⑪，为先生寿。

注释

① 韩南涧：韩元吉(1118—1187)，字无咎，号南涧，许昌(今属河南)人，徙居信州上饶(今属江西)。官至吏部尚书、龙图阁学士，封颍川郡公。主张抗战，曾出使金朝。甲辰：此指宋孝宗淳熙十一年(1184)。

② "渡江"句：据《晋书·元帝纪》，西晋亡，琅琊王司马睿与四王南渡长江，睿登帝位，是为晋元帝。时有童谣："五马浮渡江，一马化为龙。"此指宋高宗南渡建立南宋政权。

③ 经纶手：治国的能手。将乱丝理出丝绪为经，编丝为绳曰纶。

④ 长安父老：据《晋书·桓温传》载，桓温北伐，率军至长安灞上，"持牛酒迎温于路者十八九，耆老感泣曰：'不图今日复见官军！'"

⑤ "新亭"二句：用新亭泣泪典。《世说新语·言语》："过江诸人，每至美日，辄相邀新亭，藉卉饮宴。周侯中坐而叹曰：'风景不殊，正自有山河之异！'皆相视流泪。唯王丞相愀然变色

曰：'当共戮力王室，克复神州。何至作楚囚相对？'"

⑥ "夷甫"二句：《晋书·桓温传》："温自江陵北伐……践北境，与诸僚属登平乘楼眺瞩中原，慨然曰：'遂使神州陆沉，百年丘墟，王夷甫诸人不得不任其责！'"夷甫，西晋亡国宰相王衍字。

⑦ 文章山斗：文坛领袖，如泰山、北斗。

⑧ "对桐阴"句：此句隐喻祝韩元吉高寿儿孙满堂之意。北宋时相州韩氏与颍川韩氏并盛，后者于汴京家门前多植桐树，世称"桐木韩家"。韩元吉为颍川韩氏，故以桐阴清昼为喻。

⑨ "当年"三句：化用宋黄庭坚《次韵子瞻送李豸》诗"骥子堕地追风日，未试千里谁能识"之意。又，黄庭坚《次韵邢敦夫》诗："渥洼麒麟儿，堕地志千里。"

⑩ "绿野"三句：代指退居闲处之地。绿野，即绿野堂，唐宰相裴度因宦官擅权退隐洛阳时所建。平泉，平泉庄，唐宰相李德裕在洛阳城外所建别墅。东山，东晋名相谢安出仕前隐居处，在浙江上虞。谢安曾纵情歌酒，携妓出游。

⑪ 整顿乾坤：唐杜甫《洗兵马》："二三豪俊为时出，整顿乾坤济时了。"

辑评

清黄苏《蓼园词评》：幼安助耿京起义，克复东平，由山东间道赴行在奏事。忠义之气，根于肺腑，见南涧，而劝以功名，亦犹寿史致远之意也。

又：《草堂诗余》载《指迷》云："寿词尽言富贵则尘俗，尽言功名则谀佞，尽言神仙则迂诞。言功名而慨叹为之，寿词中合踞上座。"此犹刻舟求剑之说也。幼安忠义之气，由山东间道归来，见有同心者，即鼓其义勇。辞似颂美，实句句是规励，岂可以寻常寿词例之？诵其诗，读其书，不知其人可乎？是以论其世，不能知人论世，又岂能以论文！

（按："寿词尽言……"应为张炎《词源》卷下中语，非沈义父《乐府指迷》中语，《蓼园词评》转引《草堂诗余》失考。）

满江红

江行和杨济翁韵①

过眼溪山，怪都似、旧时曾识。是梦里、寻常行遍②，江南江北。佳处径须携杖去，能消几两平生屐③。笑尘埃、三十九年非④，长为客。　　吴楚地，东南坼⑤。英雄事，曹刘敌⑥。被西风吹尽，了无陈迹。楼观才成人已去⑦，旌旗未卷头先白。叹人间、哀乐转相寻⑧，今犹昔。

注释

① 杨济翁：即杨炎正(1145—?)，字济翁，庐陵(今江西吉安)人。

杨万里族弟,曾知藤、琼等州。

② "是梦里"句:意思是常于梦境中回忆旧日的山川胜境。一作"还记得、梦中行遍",意境不如前者灵动,故不用。

③ "能消"句:《世说新语·雅量》:"祖士少(祖约,字士少)好财,阮遥集(阮孚,字遥集)好屐,并恒自经营。同是一累,而未判其得失。人有诣祖,见料视财物,客至,屏当未尽,余两小簏,着背后,倾身障之,意未能平。或有诣阮,见自吹火蜡屐,因叹曰:'未知一生当着几两屐!'神色闲畅。于是胜负始分。"两,又作"纲",一双(鞋)。

④ 三十九年非:《淮南子·原道训》:"蘧伯玉年五十而知四十九年非。"时辛弃疾刚到四十岁,故化用之。

⑤ "吴楚"二句:意思是南宋偏安于吴楚之地,与中原隔绝。唐杜甫《登岳阳楼》:"吴楚东南坼,乾坤日夜浮。"坼,裂开。

⑥ "英雄"二句:《三国志·蜀·先主传》:"曹公从容谓先主曰:'今天下英雄,唯使君与操耳,本初之徒,不足数也。'先主方食,失匕箸。"

⑦ "楼观"句:宋苏轼《送郑户曹》诗:"楼成君已去,人事固多乖。"

⑧ 转相寻:辗转循环。

辑评

明卓人月、徐士俊《古今词统》卷十二:长使英雄泪满襟。

清陈廷焯《白雨斋词话》卷六:又,"佳处径须携杖去,能消几两平生展。笑尘埃三十九年非,长为客"……皆于悲壮中见浑厚,后之狂呼叫嚣者,动托苏、辛,真苏、辛之罪人也。

又《词则》:悲壮苍凉,却不粗卤。改之、放翁辈,终身求之不得也。

俞陛云《唐五代两宋词选释》:《满江红》词易于纵笔,以稼轩之才气,更如阵马风樯。但豪放则易近粗率,此作独疏爽而兼低回之思。"佳处"二句深表同情,余生平所历胜境,回味犹甘,而重游无望,知佳处径须携杖,不可使清景如追逋也。下阕非特俯仰兴亡,即寻常之丹艧未竟,已钟鼓全非者,不知凡几,真阅世之谈。"今犹昔"三字尤隽。后之感今,犹今之感昔耳。

清平乐

独宿博山王氏庵①

绕床饥鼠,蝙蝠翻灯舞。屋上松风吹急雨,破纸窗间自语。　　平生塞北江南,归来华发苍颜。布被秋宵梦觉,眼前万里江山。

注释

① 博山:在江西广丰西南三十余里,有博山寺、雨岩等。

清许昂霄《词综偶评》：后段有老骥伏枥之概。

清陈廷焯《白雨斋词话》卷六：又，"布被秋宵梦觉，眼前万里江山"……皆于悲壮中见浑厚，后之狂呼叫嚣者，动托苏、辛，真苏、辛之罪人也。

又《云韶集》卷五：数语写景逼真，不减昌黎《山寺》诗。语奇情至。

又《词则》：短调中笔势飞舞，辟易千人。结更悲壮精警，读稼轩词，胜读魏武诗也。

刘永济《唐五代两宋词简析》：此词有"烈士暮年，壮心未已"之概。前半阕从眼前景物，写出凄寂难堪之境，因而引起心情中之矛盾。盖抱有热烈之志之人不能堪此种境界也。后半阕即写因此种境界而引起之感慨。

水龙吟

过南剑双溪楼①

举头西北浮云②，倚天万里须长剑③。人言此地，夜深长见，斗牛光焰④。我觉山高，潭空水冷，月明星淡⑤。待燃犀下看⑥，凭栏却怕，风雷怒，鱼龙惨。　　峡束苍江对起^⑦，过危楼、欲飞还敛。元龙老矣，不妨高卧^⑧，冰壶凉簟^⑨。千古兴亡，百年悲笑，一时登览。问何人又卸，片帆沙岸，系斜阳缆。

注释

① 本篇作于绍熙五年(1194)秋，时自福建安抚使罢任回江西，途经南剑州。南剑：宋代州名，治今福建南平。双溪楼：据《南平县志》，双溪楼在府城东，又有双溪阁在剑津上，据词意，此双溪楼当指后者。

② "举头"句：状双溪楼之高，且以西北浮云隐喻故土被占。

③ "倚天"句：战国宋玉《大言赋》："方地为车，圆天为盖，长剑耿耿倚天外。"

④ "人言"三句：《晋书·张华传》载，张华夜间见斗牛之间常有紫气，求教于豫章人雷焕，焕认为是"宝剑之精上彻于天"，其地在豫章丰城。张华遂补雷焕为丰城令。雷焕到任后，在该县狱基下掘得龙泉、太阿二剑，其夕。斗牛间气不复见。二人各得一剑。张华被诛后，宝剑失。雷焕卒，其子持剑行经延平津，剑从腰间跃出坠水，令人入水取之，不见剑，但见各长数丈两龙蟠萦水下。须臾间，光彩照水，波浪惊沸。

⑤ 月明星淡：三国魏曹操《短歌行》："月明星稀，乌鹊南飞。"

⑥ 燃犀下看：《晋书·温峤传》载，温峤至牛渚矶，"水深不可测，

世云其下多怪物。峤遂燃犀角而照之,须臾见水族覆火,奇形异状。或乘马车、着赤衣者。"

⑦ "峡束"句:唐杜甫《秋日夔府咏怀》:"峡束苍江起,岩排古树圆。"

⑧ "元龙"二句:《三国志·陈登传》载,许汜对刘备说,自己去见陈登(字元龙)时,陈登很久不理他,并自己睡大床,让他卧下床。此反用其意,喻自己罢任。

⑨ 冰壶凉簟(diàn):对明月,睡凉席,指闲适的隐居生活。冰壶,指月亮。簟,竹席。

辑评

清周济《宋四家词选》:欲抉浮云,必须长剑,长剑不可得出,安得不恨鱼龙?

清陈廷焯《云韶集》卷五:词直气盛,宝光焰焰,笔阵横扫千军。雄奇之景,非此雄奇之笔,不能写得如此精神。

沁园春

灵山齐庵赋。时筑偃湖未成①

叠嶂西驰,万马回旋,众山欲东②。正惊湍直下，跳珠倒溅；小桥横截，缺月初弓③。老合投闲，天教多事，检校长身十万松④。吾庐小，在龙蛇影外⑤，风雨声中。　　争先见面重重⑥。看爽气朝来三数峰⑦。似谢家子弟，衣冠磊落⑧；相如庭户，车骑雍容⑨。我觉其间，雄深雅健，如对文章太史公⑩。新堤路，问偃湖何日，烟水濛濛？

注释

① 灵山：在江西上饶，绵延百余里。

② "叠嶂"三句：形容山势盘曲，本向西绵延，忽掉头东向，如万马回旋。

③ "缺月"句：形容小桥如新月弯曲。

④ 检校：管理、检查。

⑤ 龙蛇影：状古松貌。唐白居易《草堂记》："夹涧有古松，如龙蛇走。"

⑥ "争先"句：雾散后群峰先后显现。

⑦ "看爽气"句：《世说新语·简傲篇》："王子猷作桓车骑参军。桓谓王曰：'卿在府久，比当相料理。'初不答，直高视，以手版拄颊云：'西山朝来，致有爽气。'"

⑧ "似谢家"二句：以谢家子弟喻山光景色之美。谢氏乃东晋大族，子弟多有教养，美风仪。《晋书·谢玄传》载谢安问："子弟亦何豫人事，而正欲使其佳？"玄答曰："譬如芝兰玉树，欲

使其生于庭阶耳。"衣冠磊落，指服饰得体，风度翩翩。

⑨ "相如"二句：《史记·司马相如列传》："相如之临邛，从车骑，雍容闲雅甚都。"

⑩ "雄深"二句：《新唐书·柳宗元传》载韩愈评其文："雄深雅健，似司马子长，崔、蔡不足多也。"太史公，指司马迁。迁，字子长，曾官太史令，自称太史公。

辑评

宋陈模《怀古录》卷中：说松而及谢家子弟、相如车骑、太史公文章，自非脱落故常者未易闯其堂奥。刘改之所作《沁园春》虽颇似其豪，而未免于粗。

明卓人月、徐士俊《古今词统》卷十五："雄深雅健"四字，幼安可以自赠。

清先著、程洪《词洁辑评》卷六：稼轩词于宋人中自辟门户，要不可少。有绝佳者，不得以粗、豪二字蔽之。如此种创见，以为新奇，流传遂成恶习。存一概其余。

又：世以苏、辛并称，辛非苏类，稼轩之次则后村、龙洲，是其偏裨也。

清冯金伯《词苑萃编》卷之五引陈子宏：说松而及谢家、相如、太史公，自非脱落故常者，未易闯其堂奥。近日作词者惟说周美成、姜尧章，而以东坡为词诗，稼轩为词论。此说固当，盖曲者曲也，固当以委曲为体。然徒狃于风情婉娈，则亦易厌，回视稼轩所作，自觉豪爽。

陈亮 （1143—1194）字同甫，号龙川，婺州永康（今属浙江）人。绍熙四年（1193）进士。尚豪侠，喜谈兵，议论英伟磊落。曾五次上书，极力反对屈辱苟安，主张北伐收复失地。多次身陷囹圄。能词，豪气纵横，长于议论。有《龙川词》。

水调歌头

送章德茂大卿使虏①

不见南师久②，谩说北群空③。当场只手④，毕竟还我万夫雄⑤。自笑堂堂汉使⑥，得似洋洋河水，依旧只流东？且复穹庐拜⑦，会向藁街逢⑧。　　尧之都，舜之壤，禹之封。于中应有，一个半个耻臣戎。万里腥膻如许⑨，千古英灵安在？磅礴几时通⑩？胡运何须问，赫日自当中。

注释

① 词作于淳熙十二年（1185）章森出使金国贺金世宗完颜雍生辰之际。章德茂，章森，字德茂，绍兴三十年（1160）进士，试户部尚书。曾于孝宗淳熙十一年（1184）、十二年（1185）两度出使金国。

② 南师:南宋军队。

③ 北群空:喻没有能征善战之才。唐韩愈《送石处士序》:"伯乐一过冀北之野,而马群遂空。"

④ 只手:谓只身出使,单枪匹马。

⑤ 万夫雄:言有万夫不敌之勇。

⑥ "自笑"三句:意谓我堂堂汉使,岂会长此以往向金屈辱求和,如江河之水永归大海?

⑦ 穹庐:北方游牧民族所居毡帐。这里借指金廷。

⑧ 藁街:汉长安城街名。汉将陈汤曾斩匈奴郅支单于之首悬于藁街。

⑨ 万里腥膻:代指中原地区为金兵所占。金人为游牧民族,故云其有腥膻之气。

⑩ 磅礴:此指郁积于胸中的民族正气。

辑评

清李调元《雨村词话》卷三:陈同甫无媚词,与稼轩同唱和,笔亦近之。余甚爱其《水调歌头》一阕云:"不见南师久……"读之令人神往。

清冯煦《蒿庵论词》:龙川痛心北虏,亦屡见于辞。如《水调歌头》云:"尧之都,舜之壤,禹之封,于今应有,一个半个耻和戎。"……忠愤之气,随笔涌出,并足唤醒当时聋聩,正不必论词之工拙也。

清张祥龄《词论》:龙川《水调歌头》云:"尧之都,舜之壤,禹之封。于今应有一个半个耻和戎。"……世谓此等为洗金钗钿盒之尘，不知洗之者在气骨，非在选字。周、姜绮语，不患大家。若以叫嚣粗犷为正雅，则未之闻。

清陈廷焯《白雨斋词话》卷一：同甫《水调歌头》云……精警奇肆，几于握拳透爪。可作中兴露布读。就词论，则非高调。

张德瀛《词徵》卷五：陈同甫之"送章德茂大卿使虏"，皆可于史传中参证同异。

念奴娇

登多景楼①

危楼还望②，叹此意、今古几人曾会？鬼设神施，浑认作、天限南疆北界③。一水横陈，连冈三面，做出争雄势④。六朝何事？只成门户私计⑤。
因笑王谢诸人，登高怀远，也学英雄涕⑥。凭却长江管不到，河洛腥膻无际。正好长驱，不须反顾，寻取中流誓⑦。小儿破贼⑧，势成宁问强对⑨。

注释

① 词作于淳熙十五年(1188)春。多景楼：在江苏镇江北固山甘

露寺内,北临长江,为登览胜地。

② 还望:环顾。"还"通"环"。

③ 浑认作:竟当作。

④ "一水"三句:绘京口地形险要,乃争雄之地。

⑤ "六朝"二句:指六朝凭险偏安,为保住少数人私利,无心北伐。此是借古讽今语。

⑥ "因笑"三句:用《世说新语·言语》新亭泣泪典。王谢,东晋上层人士,喻指当时掌权者。

⑦ 中流誓:《晋书·祖逖传》载,祖逖北伐渡江,"中流击楫而誓曰:'祖逖不能清中原而复济者,有如大江!'辞色壮烈,众皆慨叹。"

⑧ 小儿破贼:晋军在淝水之战中大败苻坚,捷报传来,谢安置书一旁,了无喜色。问之,徐答:"小儿辈遂已破贼。"小儿辈指谢安弟谢石、侄谢玄。事见《世说新语·雅量》。

⑨ 强对:强敌。《三国志·陆逊传》:"逊按剑曰:'刘备天下知名,曹操所惮。今在境界,此强对也。'"

辑评

清冯煦《蒿庵论词》:龙川痛心北虏,亦屡见于辞,如……《念奴娇》云:"因笑王谢诸人,登高怀远,也学英雄涕。"……忠愤之气,随笔涌出,并足唤醒当时聋聩,正不必论词之工拙也。

清张祥龄《词论》:……《念奴娇》云:"因笑王谢诸人,登高怀远,也学英雄涕。"世谓此等为洗金钗钿盒之尘,不知洗之者在气骨,非在选字。周、姜绮语,不患大家。若以叫嚣粗犷为正雅,则未之闻。

清陈廷焯《白雨斋词话》卷一：同甫《水调歌头》云："尧之都，舜之壤，禹之封。于中应有一个半个耻臣戎。"精警奇肆，几于握拳透爪。可作中兴露布读，就词论，则非高调。

水龙吟

春 恨

闹花深处层楼，画帘半卷东风软。春归翠陌，平莎茸嫩，垂杨金浅①。迟日催花，淡云阁雨，轻寒轻暖。恨芳菲世界，游人未赏，都付与、莺和燕。

寂寞凭高念远。向南楼、一声归雁。金钗斗草②，青丝勒马③，风流云散。罗绶分香④，翠绡封泪，几多幽怨。正销魂，又是疏烟淡月，子规声断。

注释

① 金浅：淡黄色。此状初春垂杨景色。

② 斗草：古人的一种游戏，竞采花草，比赛多寡优劣，常于端午节进行。

③ 青丝勒马：以青丝绳络马头。

④ 罗绶：罗带。

辑评

明沈际飞《草堂诗余正集》：有能赏而不知者，有欲赏而不得者，有似赏而不真者。人不如莺也，人不如燕也。

明李攀龙《草堂诗余隽》：春光如许，游赏无方，但愁恨难消，不无触物生情。

清刘熙载《艺概》卷四：同甫《水龙吟》云："恨芳菲世界，游人未赏，都付与莺和燕"，言近指远，直有宗留守大呼渡河之意。

清黄苏《蓼园词评》："闹花深处层楼"见不事事也。"东风软"即东风不竞之意也。"迟日淡云，轻寒轻暖"，一曝十寒之喻也。好世界不求贤共理，惟与小人游玩如莺燕也。"念远"者，念中原也。"一声归雁"谓边信至，乐者自乐，忧者徒忧也。

清沈祥龙《论词随笔》：感时之作，必借景以形之。如稼轩云："算只有殷勤，画檐蛛网，尽日惹飞絮。"同甫云："恨芳菲世界，游人未赏，都付与莺和燕。"不言正意，而言外有无穷感慨。

一丛花

溪堂玩月作[①]

冰轮斜辗镜天长[②]，江练隐寒光。危阑醉倚人如画，隔烟村、何处鸣榔[③]？乌鹊倦栖，鱼龙惊起，星

《一丛花》（冰轮斜辗镜天长）

斗挂垂杨。　　芦花千顷水微茫，秋色满江乡。楼台恍似游仙梦，又疑是、洛浦潇湘④。风露浩然，山河影转，今古照凄凉。

注释

① 溪堂：临水之堂。

② 冰轮：月亮。镜天：夜空倒映在水中，平滑如镜。

③ 鸣榔：敲击船板，惊鱼入网。榔，捕鱼辅助工具，以长木条做成。

④ 洛浦潇湘：洛浦，洛水之滨，传说为洛水之神宓妃所居之地。潇湘，江水名，传说为湘水之神湘君、湘夫人所居之地。

辑评

　　张德瀛《词徵》卷五：陈同甫幼有国士之目。孝宗淳熙五年，诣阙上书，于古今沿革，政治得失，指事直陈，如龟之灼。然挥霍自恣，识者或以夸大少之。其发而为词，乃若天衣飞扬，满壁风动。惜其每有成议，辄招妒口，故肮脏不平之气，辄寓于长短句中。读其词，益悲其人之不遇已。

杨炎正 （1145—?）字济翁，庐陵（今江西吉安）人。庆元二年（1196）登进士第。曾任大理司直，又知藤州、琼州。多年追随辛弃疾，词风亦相近。有《西樵语业》。

水调歌头

登多景楼①

寒眼乱空阔②，客意不胜秋③。强呼斗酒④，发兴特上最高楼。舒展江山图画，应答鱼龙悲啸，不暇顾诗愁。风露巧欺客，分冷入衣裘。　　忽醒然⑤，成感慨，望神州。可怜报国无路，空白一分头。都把平生意气⑥，只做如今憔悴，岁晚若为谋⑦。此意仗江月，分付与沙鸥⑧。

注释

① 词作于淳熙五年（1178），时作者与辛弃疾同舟过镇江，登多景楼赋此词，辛有和作。

② 寒眼：因为是秋日登眺，故云寒眼。

③ 不胜秋：禁不起秋天的凄清。

④ 斗：古代酒器。

⑤ 醒然:猛然一惊。

⑥ 意气:志向、豪情。

⑦ "岁晚"句:壮志未酬年事已高。

⑧ 分付:交给。

辑评

清沈雄《古今词话·词辨》下卷:然每阅张于湖观雨,辛稼轩观雪,杨止济(炎正)"登楼",无名氏望月,固不如东坡之作,陈西麓所以品其为万古一清风也。

张德瀛《词徵》卷五:杨济翁《水调歌头》:"可怜报国无路,空白一分头。"张仲宗《贺新郎》:"天意从来高难问,况人情易老悲难诉。"皆所谓拔地倚天,句句欲活者。本朝铅山蒋氏则专以此体为宗矣。

刘过 （1154—1206）字改之，号龙洲道人，吉州太和（今江西泰和）人。性疏豪，重义气，博通经史百氏，好谈盛衰治乱。力主北伐，曾向宰相上书，陈述恢复方略，不被采纳，乃浪迹江湖，与辛弃疾、陆游、陈亮等人有较深交往。词多壮语，有《龙洲词》。

沁园春

寄稼轩承旨①

斗酒彘肩②，风雨渡江，岂不快哉？ 被香山居士③，约林和靖④，与东坡老⑤，驾勒吾回。坡谓"西湖，正如西子，浓抹淡妆临镜台"。二公者，皆掉头不顾，只管衔杯⑥。 白云"天竺飞来⑦，图画里，峥嵘楼观开。爱东西双涧⑧，纵横水绕；两峰南北⑨，高下云堆"。逋曰"不然，暗香浮动，不若孤山先探梅。须晴去，访稼轩未晚，且此徘徊"。

注释

① 稼轩承旨：即辛弃疾，曾任枢密院都承旨，故称。

② "斗酒"句：《史记·项羽本纪》载，在鸿门宴上，部将樊哙为保护刘邦，撞进宴会。项羽以斗酒和生彘肩（猪肘）赐樊哙。

樊哙将置之盾，拔剑切而啖之。项羽嘉其壮士，未加害于他。

③ 香山居士：唐诗人白居易晚年自号。白居易曾任杭州刺史，白堤即为其所筑。

④ 林和靖：北宋诗人林逋。隐居杭州西湖孤山，二十年足迹不入城市。其咏《山园小梅》有"疏影横斜水清浅，暗香浮动月黄昏"之句，备受推崇。

⑤ 东坡老：即苏轼，自号东坡。曾先后两次任职杭州，苏堤即为其所建。其咏西湖有"欲把西湖比西子，淡妆浓抹总相宜"佳句。

⑥ 衔杯：饮酒。

⑦ 天竺：在杭州灵隐寺南山中，有上天竺、中天竺、下天竺之分。飞来：飞来峰。

⑧ 东西双涧：指灵隐寺附近的两股涧水，汇合于飞来峰下。

⑨ 两峰：即南高峰、北高峰。

辑评

宋岳珂《桯史》卷二：词语峻拔，如尾腔对偶错综，盖出唐王勃体而又变之。余时与之饮西园，改之中席自言，掀髯有得色。余率然应之曰："词句固佳，然恨无刀圭药疗君白日见鬼证耳。"坐中哄堂一笑。既而别去，如昆山，姓某氏者爱之，女焉。

明杨慎《词品》卷四：稼轩归宋，晚年词笔尤高。……刘改之

144

所作《沁园春》，虽颇似其豪，而未免于粗。

清冯金伯《词苑萃编》卷之五引陶南村（宗仪）语：刘改之造词淡逸有思致，《沁园春》二首，尤纤刻奇丽可爱。

清刘熙载《艺概·词曲概》：刘改之词，狂逸之中，自饶俊致，虽沉着不及稼轩，足以自成一家。其有意效稼轩体者，如《沁园春》"斗酒彘肩"等阕，又当别论。

清况周颐《蕙风词话》卷二：其激昂慨慷诸作，乃刻意模拟幼安。至如《沁园春》"斗酒彘肩"云云，则尤模拟而失之太过者矣。

俞陛云《唐五代两宋词选释》：借苏、白、林三人之语，往复成词，逸气纵横。如宜僚弄丸，靡不如意，虽非正调，自是创格。

唐多令

安远楼小集，侑觞歌板之姬，黄其姓者，乞词于龙洲道人，为赋此《唐多令》。同柳阜之、刘去非、石民瞻、周嘉仲、陈孟参、孟容，时八月五日也①

芦叶满汀洲，寒沙带浅流。二十年重过南楼。柳下系船犹未稳，能几日，又中秋。　　黄鹤断矶头②，故人曾到否？旧江山浑是新愁。　欲买桂花同载酒，终不似、少年游！

注释

① 侑觞：劝酒。

② 黄鹤断矶：即黄鹤矶，在武汉武昌西北，上有黄鹤楼(即词小序中的安远楼)。

辑评

明李攀龙《草堂诗余隽》：因黄鹤楼再游而追忆故人不在，遂举目有江山之感，词意何等凄怆。又云"系舟犹未稳"、"旧江山浑是新愁"，读之下泪。

明沈际飞《草堂诗余正集》：情畅语俊，韵叶音调，不见扭造，此改之得意之笔。

清先著、程洪《词洁》：与陈去非"杏花疏影里，吹笛到天明"并数百年绝作，使人不复敢与《花间》眉目限之。

清黄苏《蓼园词评》：词旨清越，亦见含蓄不尽之致。

清李佳《左庵词话》卷上：轻圆柔脆，小令中工品。词以写情，须意致缠绵，方为合作。无清灵之笔意致，焉得缠绵。彼徒以典丽堆砌为工者，固自不解用笔。

俞陛云《唐五代两宋词选释》：胜地重经，旧情易感，况二十年之久，故友凋零，新愁重叠，人何以堪！结句感喟尤深，章良能所谓旧游可寻，而少年心难觅也。

沁园春

寄辛稼轩

古岂无人？可以似吾，稼轩者谁？拥七州都督，虽然陶侃，机明神鉴，未必能诗①。常衮何如②？羊公聊尔③，千骑东方侯会稽④。中原事，纵匈奴未灭⑤，毕竟男儿。　　平生出处天知⑥，算整顿乾坤终有时⑦。问湖南宾客⑧，侵寻老矣⑨；江西户口⑩，流落何之。尽日楼台，四边屏障，目断江山魂欲飞。长安道，奈世无刘表，王粲畴依⑪？

注释

① "拥七州"四句：《晋书·陶侃传》："（陶）侃在军四十一载，雄毅有权，明悟善决断……尚书梅陶与亲人曹识书曰：'陶公机神明鉴似魏武，忠顺勤劳似孔明，陆抗诸人不能及也。'"

② 常衮(gǔn)：唐德宗时宰相，文章为时所重，屡上书陈述国事时势。

③ 羊公：羊祜 (hù)，晋初封钜平侯，都督荆州诸军事十年，屯田以储军需，筹划灭吴，平时轻裘缓带，绥怀远近，以收江汉及吴人之心，后举杜预自代。

④ "千骑"句：时辛弃疾任浙东安抚使，驻节绍兴（会稽），故如是说。

⑤ 匈奴：喻金政权。汉霍去病尝云："匈奴未灭，何以家为！"

⑥ "平生"句：谓辛氏仕途多不顺。辛弃疾于淳熙八年(1181)被劾落职，绍熙二年(1191)冬起用，绍熙五年再被劾降职，次年免职，嘉泰三年(1203)复起用。

⑦ 整顿乾坤：此指收复中原。

⑧ 湖南宾客：词人自喻。辛弃疾曾任湖南安抚使，作者与辛素有交往，故以宾客自喻。

⑨ 侵寻：渐渐。

⑩ 江西户口：江西人。作者是江西人，故自指。

⑪ "长安道"三句：用王粲事自拟。汉末王粲避乱出长安，后至荆州依刘表。畴依，谁依，依靠谁。

辑评

清王奕清《历代词话》卷八：稼轩与朱晦庵、陈同父、刘改之友善。……改之寄辛词曰："古岂无人，可以似我，稼轩者谁。"观诸贤之推服如此，则稼轩可知矣。

贺新郎

弹铗西来路①。记匆匆、经行十日，几番风雨。梦里寻秋秋不见，秋在平芜远树。雁信落、家山何处②？万里西风吹客鬓，把菱花、自笑人憔悴③。留不住，少年去。　　男儿事业无凭据。记当年、击筑悲歌，酒酣箕踞④。腰下光芒三尺剑，时解挑灯夜语。谁更识、此时情绪？唤起杜陵风月手⑤，写江东渭北相思句⑥。歌此恨，慰羁旅。

注释

① 弹铗：弹剑而歌。《战国策·齐策》载，冯谖为孟尝君门客，未得重视，倚柱弹剑而歌，数次后，孟尝君知其志，重之。

② 雁信：古代有大雁传书的说法。见《汉书·苏武传》。

③ 菱花：镜。古以铜制镜，背后铸刻菱花纹饰，故称。

④ "击筑"二句：《史记·刺客列传》记："(荆轲)日与狗屠及高渐离饮于燕市，酒酣以往，高渐离击筑，荆轲和而歌于市中，相乐也。已而相泣，旁若无人者。"箕踞，伸足而坐，以手据膝，状如簸箕，乃狂傲不拘之举。

⑤ 杜陵风月手：指唐"诗圣"杜甫。甫居长安杜陵，自称杜陵布衣。风月手，善于吟风写月的诗人。

⑥ 江东渭北：思念好友的意思。杜甫《春日忆李白》："渭北春天树，江东日暮云。"

辑评

清冯金伯《词苑萃编》卷之五引陶南村（陶宗仪）语：刘改之

造词淡逸有思致,《沁园春》二首,尤纤刻奇丽可爱。

六州歌头

题岳鄂王庙①

中兴诸将②,谁是万人英?身草莽③,人虽死,气填膺。尚如生。年少起河朔④,弓两石,剑三尺,定襄汉,开虢洛,洗洞庭⑤。北望帝京⑥。狡兔依然在,良犬先烹⑦。过旧时营垒,荆鄂有遗民,忆故将军,泪如倾。　　说当年事,知恨苦,不奉诏⑧,伪耶真?臣有罪,陛下圣,可鉴临⑨,一片心。万古分茅土⑩,终不到、旧奸臣。人世夜,白日照,忽开明。衮佩冕圭百拜⑪,九泉下、荣感君恩。看年年三月,满地野花春,卤簿迎神⑫。

注释

① 岳鄂王:岳飞(1103—1142),字鹏举,相州汤阴(今属河南)人。抗金屡立大功,因力主抗战,为高宗、秦桧所害。孝宗昭雪其冤,追谥武穆,宁宗时追封为鄂王,在今杭州西湖边立忠

150

烈庙以祀。

② 中兴:靖康元年(1126)宋室南渡,赵构再建政权,岳飞被称为"中兴四将"之一。

③ 草莽:岳飞被害后,得狱卒负尸葬于草莽之地。

④ 河朔:黄河至朔方之间的地区。岳飞故乡汤阴在黄河以北,故称其起身河朔。

⑤ "弓两石"五句:写岳飞勇武过人,为南宋王朝屡建功勋。弓两石,开两石之弓。《宋史·岳飞传》谓飞"生有神力,未冠,挽弓三百斤,弩八石"。襄汉,襄阳、江汉一带。岳飞于绍兴四年(1134)伐伪齐,收复襄阳、汉阳等六郡。虢(guō)洛,今河南灵宝、洛阳。绍兴六年,岳飞派兵深入伪齐境内,收复洛阳西南州县,逼近黄河。洗洞庭,绍兴五年,岳飞奉命镇压洞庭湖杨幺起义军。

⑥ 北望帝京:绍兴十年,岳飞挥师北伐,连克数州,进驻朱仙镇,距故都开封不足百里。

⑦ "狡兔"二句:指金朝侵略者尚在,而抗金英雄已遭杀害。《韩非子·内储说下》:"狡兔尽则良犬烹,敌国灭则谋臣亡。"

⑧ 不奉诏:指秦桧诬构岳飞所谓谋反的罪状。

⑨ 鉴临:鉴别、审察。

⑩ 分茅土:古代分封王侯的仪式。以白茅裹土授予被封者,象征赐予土地、权力。

⑪ "衮佩"句:指岳飞沉冤昭雪,享隆重之祭奠。衮,衮衣,君臣礼服。佩,玉佩,贵族所饰。冕,冠冕,君王及大臣礼帽。圭,

君臣朝仪时所用玉器。

⑫ 卤(lǔ)簿：帝王外出时的仪仗。

辑评

　　清冯金伯《词苑萃编》卷之五引花庵词客（黄升）语：改之，稼轩之客，词多壮语，盖学稼轩者也。

崔与之 (1158—1239)字正子,一字正之,号菊坡,广州增城(今属广东)人。绍熙四年进士,累官浔州司法参军、知成都府兼本路安抚使、广东经略安抚使兼知广州,拜参知政事、右丞相兼枢密使。谥清献。有《崔清献公集》。

水调歌头

题剑阁①

万里云间戍,立马剑门关。乱山极目无际,直北是长安②。人苦百年涂炭,鬼哭三边锋镝③,天道久应还。手写留屯奏,炯炯寸心丹。　　对青灯,搔白发,漏声残。老来勋业未就,妨却一身闲。梅岭绿阴青子④,蒲涧清泉白石⑤,怪我旧盟寒。烽火平安夜,归梦到家山。

注释

① 剑阁:在四川大小剑山之间,相传系诸葛亮所筑。

② 长安:这里借指汴京。

③ 三边:汉代幽、并、梁三州,泛指边界。

④ 梅岭:大庾岭,五岭之一,位于赣、粤边界。

⑤ 蒲涧：在广州白云山，作者曾隐居此地。

辑评

清许昂霄《词综偶评》：填此调者，类用壮语，想亦音节应尔耶？

梁令娴《艺蘅馆词选》丙卷引麦孺博语：菊坡虽不以词名，然此词豪迈，何减稼轩。

潘飞声《粤词雅》：此词起四句，雄壮极矣。虽苏、辛亦无以过之。昔杭堇甫论粤诗云："尚得古贤雄直气，岭南犹觉胜江南。"余谓崔词，非雄直而何？

黄机 (生卒年不详)字几仲,或云几叔,东阳(今属浙江)人。尝举进士第,官于湘中。与辛弃疾、刘过唱和。有《竹斋诗余》。

虞美人

十年不作湖湘客①,亭堠催行色②。浅山荒草记当时,筱竹篱边羸马、向人嘶。　　书生万字平戎策,苦泪风前滴。莫辞衫袖障征尘,自古英雄之楚、又之秦③。

注释

① 湖湘:洞庭湖和湘江一带。这里指作者曾经宦游之湘中。
② 亭堠(hòu):古代道旁供人歇憩的亭子和记里程的土堆。五里只堠,十里双堠。
③ "自古"句:慨叹行踪无定,漂泊四方。

辑评

清陈廷焯《白雨斋词话》卷六:黄几仲《虞美人》云:"书生万字平戎策,苦泪风前滴。"……皆慷慨激烈,发欲上指。词境虽不高,然足以使懦夫有立志。

俞国宝　（生卒年不详）临川（今属江西）人。宋孝宗淳熙年间太学生。有《醒庵遗珠集》，今不传。存词五首。

风入松①

一春长费买花钱，日日醉花边。玉骢惯识西湖路②，骄嘶过、沽酒垆前。红杏香中箫鼓，绿杨影里秋千。　　暖风十里丽人天③，花压鬓云偏。画船载取春归去，余情寄、湖水湖烟。明日重扶残醉，来寻陌上花钿④。

注释

① 据周密《武林旧事》载，太学生俞国宝题此词于西湖断桥边一家小酒肆屏风上，孝宗见后，曰："此词甚好，但末句未免儒酸。"因将其中"明日重携残酒"改为"明日重扶残醉"。词人亦即日解褐授官。

② 玉骢：马的美称。

③ "暖风"句：化用唐杜甫《丽人行》"三月三日天气新，长安水边多丽人"及唐杜牧《赠别》"春风十里扬州路"诗句。

④ 花钿:以珠宝装饰的花形首饰,此指戴饰花钿的美女。

辑评

明沈际飞《草堂诗余正集》:起处自然馨逸。

清许昂霄《词综偶评》:较原本"重携残酒",工拙判然。

清李佳《左庵词话》卷下:俞国宝《风入松》调煞句(略)德祐改为"重扶残醉",便多蕴藉,不似原作犹带寒酸气。

清况周颐《蕙风词话》卷二:其实赵词近沉着,俞第流美而已。以体格论,俞殊不逮赵。顾当时盛称,以其句丽可喜,又谐适便口诵,故称述者多。

戴复古　(1167—?)字式之,号石屏。黄岩(今属浙江)人。终生流落江湖,老于布衣。曾登陆游之门,以诗名世。词风豪纵悲凉,与辛弃疾相类。有《石屏集》六卷,词集名《石屏词》一卷。

满江红

赤壁怀古

赤壁矶头①,一番过、一番怀古。想当时,周郎年少,气吞区宇②。万骑临江貔虎噪,千艘列炬鱼龙怒③。卷长波、一鼓困曹瞒④,今如许。　　江上渡,江边路。形胜地⑤,兴亡处。览遗踪,胜读史书言语。几度东风吹世换,千年往事随潮去。问道傍、杨柳为谁春,摇金缕⑥。

注释

① 赤壁矶:在今湖北黄石赤鼻山下,屹立江滨,因土石皆赤色,故称。苏轼曾游此写下著名的前、后《赤壁赋》及《念奴娇·赤壁怀古》词。

② 周郎:周瑜。区宇:寰宇。

③ "万骑"二句:指鏖战赤壁的孙刘联军。貔虎,貔和虎,泛指猛

兽,喻指勇士。

④ 曹瞒:曹操,小字阿瞒。

⑤ 形胜:地势优越或风景优美。

⑥ 摇金缕:状淡黄柳叶为风所动的样子。

辑评

宋黄昇《花庵词选》:坡仙一词,古今绝唱,今二公为石屏拈出,其当与之并行于世耶?

明杨慎《词品》卷五:唯赤壁怀古《满江红》一首,句有"万骑临江貔虎噪,千艘烈炬鱼龙舞"、"几度东风吹世换,千年往事随潮去",而全篇不称。

清纪昀等《四库全书总目·石屏词》:赤壁怀古《满江红》一阕,则豪情壮采,实不减于轼。杨慎《词品》最赏之,宜矣。

清况周颐《蕙风词话续编》卷一:石屏词,往往作豪放语,绵丽是其本色。《满江红·赤壁怀古》(略)歇拍云云,是本色流露处。

刘克庄 (1187—1269)字潜夫,号后村居士,莆田(今属福建)人。以父荫入仕,任建阳、仙都县令,因咏落梅诗被谏官指为讪谤朝政,免官废置多年。理宗朝赐同进士出身,累官秘书监、工部尚书兼侍读,以龙图阁学士致仕。工诗能词,诗为江湖派大家,词学稼轩,为辛派后劲。有《后村别调》。

沁园春

梦孚若①

何处相逢?登宝钗楼②,访铜雀台③。唤厨人斫就,东溟鲸脍④;圉人呈罢⑤,西极龙媒⑥。天下英雄,使君与操⑦,余子谁堪共酒杯?车千乘,载燕南赵北⑧,剑客奇才。　　饮酣画鼓如雷,谁信被晨鸡轻唤回。叹年光过尽,功名未立;书生老去,机会方来。使李将军,遇高皇帝,万户侯何足道哉⑨!披衣起,但凄凉感旧,慷慨生哀。

注释

① 孚若:方信孺,字孚若,兴化军(今福建莆田)人,作者好友。曾三次出使金国,以口舌折敌。然仕途坎坷,年四十六而卒。

② 宝钗楼:故址在今陕西咸阳,汉武帝时建。

③ 铜雀台:故址在今河北临漳,三国时曹操所筑。

④ 东溟:东海。

⑤ 圉人:养马之人。

⑥ 龙媒:指骏马。

⑦ "天下"二句:《三国志·蜀书·先主传》载,曹操在一次酒席上对刘备说:"今天下英雄,唯使君与操耳。"

⑧ 燕南赵北:今河北、山西一带。历史上这一带多剑客豪侠之士。

⑨ "使李将军"三句:《史记·李将军列传》载,汉文帝曾对李广说:"惜乎,子不遇时!如令子当高帝时,万户侯岂足道哉!"

辑评

明杨慎《词品》卷之五:大抵直至近俗,效稼轩而不及也。梦方孚若《沁园春》云(略),举一以例,他词类是。

俞平伯《唐宋词选释》:以梦友而悼友,虽为本篇题目,实系借以寓怀。其叙梦境都在虚处传神,用典作譬,多夸张之词,仿佛读《大言赋》,不皆纪实。如宝钗楼、铜雀台,不必真有其地;长鲸、天马,不必实有其物,从车千乘,尽剑客之才,不必果有其人。过片说到醒了,就梦境前后落墨。以醉眠而入梦,以闻鸡而惊觉,借极熟的典故,点出作意。"叹年光"以下,硬语盘空,纯用议论,引《史记》原文,稍加点改,自然之至。随后在此略一唱叹便收。观其通篇不用实笔,似粗豪奔放,仍细腻熨帖,正如脱羁之马,驰骤不失尺寸也。有评刘词为议论过多者,如从这篇来看,亦未必尽合,故详言之。

贺新郎

送陈真州子华①

北望神州路②,试平章、这场公事③,怎生分付?记得太行山百万,曾入宗爷驾驭④。今把作握蛇骑虎。君去京东豪杰喜⑤,想投戈下拜真吾父⑥。谈笑里,定齐鲁。　　两河萧瑟惟狐兔⑦。问当年、祖生去后⑧,有人来否?多少新亭挥泪客,谁梦中原块土⑨?算事业须由人做。应笑书生心胆怯,向车中、闭置如新妇⑩。空目送、塞鸿去。

注释

① 陈真州子华:陈辖,字子华,福建福州人,开禧元年(1205)进士,宝庆三年(1227)知真州(今江苏仪征)。

② 神州路:此指中原沦陷地区。

③ "试平章"句:谈论一下收复河山的大事。平章,评论。

④ "记得"二句:宋熊克《中兴小记》:"自靖康以来,中原之民不从金者,于太行山相保聚。"宋陆游《老学庵笔记》:"建炎初,宗汝霖(泽)留守东京,群盗降附者百余万,皆谓汝霖曰宗爷爷,愿效死力。"

⑤ 京东:指汴京东部一带。宋时京东路辖境包括现在的山东、河南东部和江苏北部地区。豪杰:此指抗金义军将士。

⑥ 真吾父:据《宋史·岳飞传》载,张用在江西作乱,岳飞以书信晓谕,他得书后说:"真吾父也。"遂降。

⑦ 两河:黄河南北。

⑧ 祖生:祖逖,东晋名将,曾统兵北伐,收复黄河以南地区。这里借指宗泽、岳飞等抗金名将。

⑨ "多少"二句:用新亭泣泪典。反讥当时权贵们无意恢复中原。

⑩ 闭置如新妇:意思是自己被闲置后方。《梁书·曹景宗传》载,曹景宗性情急躁,曾对人说:"今来扬州作贵人,动转不得。路行开车幔,小人辄言不可,闭置车中如三日新妇。遭此邑邑,使人无气。"

辑评

明杨慎《词品》卷之五:送陈子华帅真州云:"记得太行兵百万,曾入宗爷驾驭。今把做、握蛇骑虎。堪笑书生心胆怯,向车中闭置如新妇。空目送,孤鸿去。"庄语亦可起懦。

夏承焘《唐宋词选》:豪情壮阔,足与陈亮词媲美。

玉楼春

戏呈林节推乡兄①

年年跃马长安市②，客舍似家家似寄。青钱换酒日无何，红烛呼卢宵不寐③。　　易挑锦妇机中字④，难得玉人心下事。男儿西北有神州，莫滴水西桥畔泪⑤！

注释

① 林节推：林姓的节度推官。

② 长安市：此指南宋都城临安的市集。

③ 呼卢：古时的一种赌博游戏。因"卢"最大，赌时大呼，故称。

④ 锦妇：《晋书·窦滔妻苏氏传》载：窦滔在苻坚时为秦州刺史，被徙流沙。苏氏思之，织锦为回文旋图诗以赠滔，宛转循环读之，其词凄婉。

⑤ 水西桥：泛指妓女聚居之所。

辑评

清陈廷焯《白雨斋词话》卷六：刘潜夫《玉楼春》云："男儿西北有神州，莫滴水西桥畔泪。"……皆慷慨激烈，发欲上指。词境虽不高，然足以使懦夫有立志。

清冯煦《宋六十一家词选·例言》：后村词与放翁、稼轩，犹鼎三足。其生丁南渡，拳拳君国，似放翁；志在有为，不欲以词人自域，似稼轩。如《玉楼春》云（略）。

清况周颐《蕙风词话》卷二：杨升庵谓其"壮语足以立懦"，此类是已。

唐圭璋《唐宋词简释》：此首题作《戏林推》，实含有无限家国之感。起言推之游侠生活，次言推之日夜豪情。换头，言冶游之无益，隐有劝勉之意。着末唤醒痴迷，似当头棒喝，惊动非常。

清平乐

五月十五夜玩月

风高浪快，万里骑蟾背①。曾识姮娥真体态②，素面元无粉黛。　　身游银阙珠宫③，俯看积气濛濛。醉里偶摇桂树④，人间唤作凉风。

注释

① 蟾：蟾蜍，代月。传说月中有蟾蜍。

② 姮娥：即嫦娥，传说中的月宫仙女。

③ 银阙珠宫：指月宫。

④ 桂树：传说月中有五百丈桂树，见段成式《酉阳杂俎》。

俞陛云《唐五代两宋词选释》：一扫咏月陈言，奇逸之气，见于楮墨。

夏承焘《唐宋词选》：是看月而幻想月宫的词，气概豪迈，设想奇特，浪漫色彩很浓。

贺新郎

九 日①

湛湛长空黑。更那堪斜风细雨，乱愁如织。老眼平生空四海，赖有高楼百尺②。看浩荡千崖秋色。白发书生神州泪，尽凄凉、不向牛山滴③。追往事，去无迹。　　少年自负凌云笔④。到而今、春华落尽，满怀萧瑟。常恨世人新意少，爱说南朝狂客，把破帽年年拈出⑤。若对黄花孤负酒，怕黄花也笑人岑寂。鸿北去，日西匿⑥。

注释

① 九日：即阴历九月九日重阳节。

② "赖有"句:用《三国志》陈登慢待许汜典,喻指自己志向远大。

③ 牛山:《晏子春秋·内篇谏上》:"景公游于牛山,北临其国城而流涕,曰:'若何滂滂去此而死乎?'"

④ 凌云笔:《史记·司马相如列传》:"相如既奏《大人》之颂,天子大悦,飘飘有凌云之气,似游天地之间意。"

⑤ "爱说"二句:《晋书·孟嘉传》云:"(孟嘉)为征西桓温参军,温甚重之。九月九日,温燕龙山,僚佐毕集。时佐吏并着戎服,有风至,吹嘉帽落,嘉不之觉。温使左右勿言,欲观其举止。嘉良久如厕,温令取还之,命孙盛作文嘲嘉,着嘉坐处。嘉还见,即答之,其文甚美,四坐嗟叹。"

⑥ 西匿:西斜,西沉。

辑评

夏承焘《唐宋词选》:作者在这首词里,借重阳景物,抒发其对国家对个人的种种感慨。上片的"斜风细雨"满空黑云是写景,也是对南宋国运的担忧。"白发书生神州泪"两句,说自己流泪是为中原沦陷区之未收复,并非为个人得失。下片说自己年华老大,"满怀萧瑟",作品不像从前那样豪气满纸、文采缤纷了。在这萧瑟的晚年,只有借酒浇愁而已。结二句是景语,意思是:中原沦陷区只有鸿雁能去;南宋国运,已如日薄西山。用意和开头的"长空黑"呼应。

方岳　(1199—1262)字巨山,自号秋崖,祁门(今属安徽)人。绍定五年(1232)进士,调南康军教授。嘉熙间官至淮东制置司干官,以忤史嵩之罢。淳祐中知南康军、邵武军,以忤贾似道罢。宝祐间起知袁州,以忤丁大全罢。有《秋崖先生词》。

水调歌头

平山堂用东坡韵①

秋雨一何碧,山色倚晴空②。江南江北愁思,分付酒螺红③。芦叶蓬舟千重,菰菜莼羹一梦④,无语寄归鸿。醉眼渺河洛⑤,遗恨夕阳中。　　蘋洲外⑥,山欲暝,敛眉峰。人间俯仰陈迹,叹息两仙翁⑦。不见当时杨柳⑧,只是从前烟雨,磨灭几英雄。天地一孤啸,匹马又西风。

注释

① 平山堂:在扬州,欧阳修所建,壮丽为淮南第一,上据蜀冈,下临江南数百里,真、润、金陵三州,隐隐若可见。用东坡韵:指用苏轼《水调歌头》"落日绣帘卷"原韵。

② "山色"句:宋欧阳修《朝中措》(平山堂)词云:"平山栏槛倚晴

《水调歌头》（秋雨一何碧）

空,山色有无中。"

③ 酒螺红:红螺酒杯。

④ "菰菜"句:用张翰弃官归吴典。见《世说新语·识鉴》。

⑤ 河洛:黄河和洛水。此概指中原。

⑥ 蘋州:江中长满白蘋的小洲。

⑦ 两仙翁:谓欧阳修和苏轼。

⑧ 当时杨柳:欧阳修建平山堂后,曾亲手植柳一株,人称欧
   公柳。

辑评

　　清陈廷焯《白雨斋词话》卷二:方巨山(岳)之《满江红》、《水
调歌头》,李秋田之《贺新凉》等类,慷慨发越,终病浅显。

陈人杰 （1218—1243）一名经国，字刚父，号龟峰，长乐（今属福建）人。二十岁赴建康，应举不第，遂以幕客浪游两淮荆湘等地。其词全用《沁园春》调，抒写忧国伤时的沉痛之情与报国杀敌的激切之心，风格悲壮。有《龟峰词》。

沁园春

丁酉岁感事①

谁使神州，百年陆沉②，青毡未还③？怅晨星残月，北州豪杰，西风斜日，东帝江山④。刘表坐谈⑤，深源轻进⑥，机会失之弹指间。伤心事，是年年冰合，在在风寒⑦。　　说和说战都难，算未必江沱堪宴安⑧。叹封侯心在，鳣鲸失水⑨。平戎策就，虎豹当关。渠自无谋，事犹可做，更剔残灯抽剑看。麒麟阁⑩，岂中兴人物，不画儒冠？

注释

① 词作于理宗嘉熙元年（1237），当时蒙古已灭金，南宋尽失成都、襄阳、枣阳等地。丁酉岁：即理宗嘉熙元年。

② 陆沉：无水而沉，比喻土地被占领。《晋书·桓温传》载，西晋

时,王衍任宰相,清谈误国,丧失了很多土地。后来桓温说:"遂使神州陆沉,百年丘墟,王夷甫(王衍的字)诸人不得不任其责。"

③ 青毡:这里借喻中原故土。《晋书·王献之传》载,王献之夜卧斋中,有小偷入其室,尽盗其物。献之慢吞吞地说:"偷儿,青毡我家旧物,可特置之。"小偷惊走。

④ 东帝:喻岌岌可危的南宋。战国时,齐愍王称东帝,自恃国力,不审时势,后被燕将乐毅攻破临淄,于出奔途中被杀。

⑤ 刘表坐谈:三国时曹操攻柳城,刘备曾劝荆州牧刘表乘机袭击许昌,刘表未听,坐失良机,后悔莫及。《三国志·魏书·郭嘉传》载,曹操的谋士郭嘉评价刘表:"坐谈客耳!"

⑥ 深源轻进:据《晋书·殷浩传》载:东晋殷浩(字渊源,唐人避高祖讳改为"深")虽都督五州军事,但只会高谈阔论,徒负虚名。曾发兵攻前秦,企图收复中原,结果先锋倒戈,他仓皇弃军而逃。

⑦ "是年年"二句:比喻南宋遭到北方强敌的不断威胁与进攻。在在,处处。

⑧ 江沱:代指江南一带。

⑨ 鳣鲸:体积巨大的鱼。

⑩ 麒麟阁:汉宣帝号称中兴之主,曾命画霍光等十一位功臣肖像于未央宫内麒麟阁上,以纪其功绩。

辑评

清陈廷焯《白雨斋词话》卷六：陈龟峰《沁园春》"丁酉岁感事"……此类皆慷慨激烈，发欲上指。词境虽不高，然足以使懦夫有立志。

文及翁　(生卒年不详)字时学,号本心,绵州(今四川绵阳)人,移居吴兴(今属浙江)。宝祐元年(1253)进士。官至试尚书礼部侍郎除签书枢密院事。宋亡不仕,闭门著述。原有集,已佚。存词一首。

贺新凉

游西湖有感①

一勺西湖水。渡江来、百年歌舞②,百年酣醉。回首洛阳花石尽③,烟渺黍离之地④,更不复、新亭堕泪⑤。簇乐红妆摇画舫,问中流击楫谁人是⑥?千古恨,几时洗?　　余生自负澄清志。更有谁、磻溪未遇⑦,傅岩未起⑧?国事如今谁倚仗?衣带一江而已。便都道、江神堪恃。借问孤山林处士⑨,但掉头、笑指梅花蕊。天下事,可知矣。

注释

① 据《古杭杂记》载,文及翁登第后与同年进士游览西湖,有人问他:"西蜀有此景否?"他有感于怀,即席赋此词。

② 百年:自宋高宗赵构 1127 年南渡至作者写此词,已历一百二十余年。

③ 洛阳花石:借指北宋都城汴京。北宋时,洛阳牡丹及各名园奇石为天下之最。

④ 黍离之地:这里代指北宋故都。黍离,周大夫过西周都城,作歌悲叹都城荒芜。

⑤ 新亭堕泪:用新亭泣泪典。

⑥ 中流击楫:用祖逖击楫中流典。

⑦ 磻溪:在今陕西宝鸡东南。相传周朝开国大臣吕尚未遇文王时,曾垂钓于此。

⑧ 傅岩:在今山西平陆。相传傅说曾在此筑墙,后殷高宗举以为相,天下大治。

⑨ 孤山林处士:指宋初隐居在西湖孤山的高士林逋。

辑评

清许昂霄《词综偶评》:所谓"直把杭州作汴州"也。

清王闿运《湘绮楼评词》:须得此洗尽绮语柔情,复还清明世界。惜后半不清。

周密　（1232—1298）字公谨，号草窗，祖籍济南，流寓吴兴，居弁山，又号弁阳老人、泗水潜夫等。理宗景定二年（1261）为临安府幕僚，后为义乌县令。工词，与王沂孙、张炎齐名。又与吴文英（梦窗）并称为"二窗"。宋亡不仕，潜心著述。有《草窗词》、《蘋洲渔笛谱》等。

闻鹊喜

吴山观涛①

天水碧，染就一江秋色。鳌戴雪山龙起蛰②，快风吹海立。　数点烟鬟青滴③，一杼霞绡红湿④。白鸟明边帆影直，隔江闻夜笛。

注释

① 吴山：又名胥山，俗名城隍山，在杭州西湖东南，钱塘江西北。
② 鳌戴：《列子·汤问》载：远古时，渤海之东漂浮着五座大山，山上仙人受颠簸之苦，奏天帝，天帝命北海神禺强使十五巨鳌举头以戴之，五山稳峙不摇。
③ 烟鬟：形容山如发鬟。
④ 一杼霞绡：形容霞光似织锦。杼，织布的梭子。

辑评

清李调元《雨村词话》：此《谒金门》调也，直字字如锦。

邓剡 （1232—1303）一名光荐,字中甫,又号中斋,庐陵(今江西吉安)人。景定三年(1262)进士。曾追随文天祥赞募勤王。祥兴元年(1278)从驾至厓山,除秘书丞,兼权礼部侍郎。宋亡,投海未死,为元兵打捞而获,与文天祥同押北上。久之,得放归。今人辑有《中斋词》。

念奴娇

驿中言别①

水天空阔,恨东风,不惜世间英物。蜀鸟吴花残照里②,忍见荒城颓壁。铜雀春情③,金人秋泪④,此恨凭谁雪。堂堂剑气,斗牛空认奇杰⑤。　　那信江海余生⑥,南行万里,属扁舟齐发。正为鸥盟留醉眼⑦,细看涛生云灭⑧。睨柱吞嬴⑨,回旗走懿⑩,千古冲冠发。伴人无寐,秦淮应是孤月。

注释

① 词作于邓剡和文天祥被押送燕京途中。时途经金陵,邓剡因病留治,作词与文天祥告别。

② 蜀鸟:指杜鹃。相传古时蜀王杜宇失国出奔,死后化为杜鹃,啼声凄惨。

③ "铜雀"句:化用唐杜牧《赤壁》"东风不与周郎便,铜雀春深锁二乔"诗意,谓上天不与南宋抗战军民便利。

④ "金人"句:李贺《金铜仙人辞汉歌》序记,魏明帝青龙元年八月,诏令取汉孝武帝捧露盘仙人。仙人临载,潸然泪下。

⑤ "堂堂"二句:用宝剑气冲牛斗典,谓抗战者虽有凌云之志,却难挽既倒狂澜。《太平御览》卷三四三引《雷焕别传》:"晋司空张华夜见异气起牛斗,华问焕:'见之乎?'焕曰:'此谓宝剑气。'"后果得双剑。斗牛,二十八宿中的斗宿和牛宿。

⑥ 江海余生:指作者于厓山兵败后,投海不死被俘事。

⑦ "正为"句:暗指为结交抗元志士而苟活。

⑧ "细看"句:指暗地观察形势,待时而起。

⑨ "睨柱"句:《史记·廉颇蔺相如列传》载,赵慑于秦威而献和氏璧,蔺相如奉璧使秦,庭见秦王,见其无意以城易璧,"因持璧却立倚柱,怒发上冲冠。睨柱,欲以(璧)击柱,秦王恐其破璧,乃辞谢。"最终完璧归赵。

⑩ "回旗"句:《三国志·蜀志·诸葛亮传》裴松之注引《汉晋春秋》载,诸葛亮死,蜀军后撤,司马懿追之。姜维令(杨)仪反旗鸣鼓,摆出对阵的样子,司马懿反而退却不敢逼近。百姓谚曰:"死诸葛走生仲达。"懿,司马懿,字仲达。

辑评

清王奕清《历代词话》卷八引明陈子龙语:气冲斗牛,无一毫萎靡之色。

清陈廷焯《词则·放歌集》卷二:悲壮雄锐,毫无叫嚣气息。

文天祥　(1236—1283)初名云孙,字天祥,以字行,改字履善,又字宋瑞,号文山,吉水(今江西吉安)人。宝祐四年(1256)举进士第一,授签书宁海军节度判官。咸淳六年(1270)除军器监,寻兼崇政殿说书,以忤贾似道罢归家居。德祐元年(1275)应诏勤王,尽出家资募兵至临安。二年,拜右丞相兼枢密使,至元军营请和,被扣北上,至镇江逃脱。组织人马继续抗元,年底(即1279年初),于广东海丰兵败被俘,押至大都,囚禁数年,至元十九年(1282)遇害于柴市。诗文充满爱国激情。存词八首。有《文山先生全集》。

酹江月

和友《驿中言别》①

乾坤能大,算蛟龙,元不是池中物②。风雨牢愁无着处③,那更寒虫四壁。横槊题诗④,登楼作赋⑤,万事空中雪。江流如此,方来还有英杰⑥。　　堪笑一叶漂零,重来淮水⑦,正凉风新发。镜里朱颜都变尽,只有丹心难灭。去去龙沙⑧,江山回首,一线青如发⑨。故人应念,杜鹃枝上残月⑩。

注释

① 此为和邓剡《酹江月》(水天空阔)而作。友指邓剡。

② "算蛟龙"二句:《三国志·吴志·周瑜传》云:"恐蛟龙得云

雨,终非池中物也。"

③ 牢愁:忧郁不平。

④ 横槊赋诗:指曹操。《旧唐书·杜甫传》云:"曹氏父子鞍马间为文,往往横槊赋诗。"槊,长矛。

⑤ 登楼作赋:指王粲。汉末王粲避乱荆州依刘表,不获重用,登荆州城楼作《登楼赋》,抒乡国之思及怀才不遇之情。

⑥ 方来:将来。

⑦ 淮水:此指秦淮河。

⑧ 龙沙:泛指塞外沙漠地带。

⑨ "一线"句:苏轼《澄迈驿通潮阁》:"杳杳天低鹘没处,青山一发是中原。"此借以抒发故国之思。

⑩ "杜鹃"句:用唐崔涂《春夕》诗"胡蝶梦中家万里,杜鹃枝上月三更"句意。

辑评

清许昂霄《词综偶评》:用东坡原韵。

沁园春

题潮阳张许二公庙①

为子死孝,为臣死忠,死又何妨? 自光岳气分②，士无全节；君臣义缺，谁负刚肠？骂贼睢阳③，爱君许远，留得声名万古香。后来者，无二公之操，百炼之钢。　　人生欻歘云亡④，好烈烈轰轰做一场。使当时卖国，甘心降虏，受人唾骂，安得留芳？古庙幽沉、仪容俨雅⑤，枯木寒鸦几夕阳。邮亭下⑥，有奸雄过此，仔细思量。

注释

① 潮阳：今广东潮阳县。唐韩愈曾贬官至此。韩愈曾撰《张中丞传后序》，表彰在安史之乱中壮烈殉国的张巡、许远两位将军。潮阳人遂于当地立双庙以祀。

② 光岳气分：指国土分裂。古人以天地之气的运转为国运之兆，气分则光(日月星)暗岳(五岳)崩，兆示国运将终。

③ "骂贼"句：张巡接受许远逊让固守睢阳城，每战骂贼，嚼齿皆碎。城破被俘，当面痛骂叛军，被刀抉其口，流血不止，犹骂声不绝。

④ 歘歘(chuā)：象声词，形容迅速。

⑤ 古庙：此指潮阳祭祀张巡许远的双庙。

⑥ 邮亭：古时设在官道边供递送文书及旅客歇宿的馆舍。

辑评

清冯金伯《词苑萃编》卷之七引《草堂词话》：昔文履善过张

许庙作《沁园春》，词旨壮烈。刘伯温过余阙庙，亦作《沁园春》以哀之，其词可与履善相匹。

清查礼《铜鼓书堂词话》：盥漱读之，公之忠义刚正，凛凛之气势，流露于简端者，可耿日月，薄云雾。虽辞藻未免粗豪，然忠臣孝子之作，只可以气概论，未可以字句求也。

蒋捷 (生卒年不详)字胜欲,号竹山,阳羡(今江苏宜兴)人。宋度宗咸淳十年(1274)进士。入元不仕,隐居太湖竹山。元大德间宪使臧梦解等荐其才,终不肯出。有《竹山词》。

梅花引

荆溪阻雪①

白鸥问我泊孤舟,是身留,是心留?心若留时,何事锁眉头?风拍小帘灯晕舞,对闲影,冷清清,忆旧游。　　旧游旧游今在不?　花外楼,柳下舟。梦也梦也,梦不到,寒水空流。漠漠黄云②,湿透木棉裘③。都道无人愁似我,今夜雪,有梅花,似我愁。

注释

① 荆溪:溪名,在今江苏宜兴,流入太湖。

② 黄云:昏黄暗淡之云。此指下雪时昏黄的天色。

③ 木棉裘:指棉袄。

辑评

清冯金伯《词苑萃编》卷之五引《汲古阁词跋》:今读《竹山

《梅花引》（白鸥问我泊孤舟）

词》一卷，语语纤巧，真《世说》糜也，字字妍倩，真六朝腧也。岂其稍劣于诸公。即或读招魂词，谓其磊落横放，与辛幼安同调，其殆以一斑而失全豹矣。

张炎　(1248—1320?)字叔夏,号玉田,晚号乐笑翁。祖籍西秦,寓居临安。南宋初大将张俊六世孙,张枢之子。少时游赏湖山,结社填词。入元,家产抄没,流寓各地。至元二十七年(1290),曾应诏赴大都(今北京),次春南归,滞于吴越。有《山中白云词》,多遗民之恨。又有《词源》一书,精研音律,主张"清空",提倡雅词,为宋代重要词论著作。

壶中天

夜渡古黄河,与沈尧道、曾子敬同赋[①]

扬舲万里[②],笑当年底事,中分南北[③]。须信平生无梦到,却向而今游历。老柳官河,斜阳古道,风定波犹直。野人惊问[④],浮槎何处狂客[⑤]?　迎面落叶萧萧,水流沙共远,都无行迹。衰草凄迷秋更绿[⑥],惟有闲鸥独立。浪挟天浮,山邀云去,银浦横空碧[⑦]。扣舷歌断[⑧],海蟾飞上孤白[⑨]。

注释

① 词作于元世祖至元二十七年(1290)秋,时作者与友人被迫北上大都(今北京)写佛经。沈尧道:沈钦,字尧道,汴(今河南开封)人,作者词友。曾子敬:曾遇,字子敬,华亭(今上海松

江)人,工书画,仕元,曾任湖州安吉县丞。

② 扬舲(líng):放舟。舲,有窗户的船。

③ 中分南北:一般指长江,此指黄河。

④ 野人:村野之人,此指船工或纤夫。

⑤ 浮槎:渡河。晋张华《博物志》载,有人从海上乘浮槎,竟至天河,遇牵牛织女。槎,木筏。

⑥ "衰草"句:《古诗十九首·东城高且长》:"回风动地起,秋草萋已绿。"

⑦ 银浦:银河。

⑧ "扣舷"句:击打船舷为节拍而歌。

⑨ 海蟾:月亮。古人以为月出海底。又,传说月中有大蟾蜍,故如是说。

辑评

清许昂霄《词综偶评》:("须信"二句)淡语入情,人不能道。

清陈廷焯《云韶集》卷九:高绝、超绝、真绝、老绝,风流洒脱,置之白石集中,亦是高境。结更高更旷。通篇骨韵皆高,压遍今古。

俞陛云《唐五代两宋词选释》:此为集中杰作,豪气横溢,可与放翁、稼轩争席。写渡河风景逼真,起句有南渡时神州分裂之感。"闲鸥独立"句,谓匹夫志不可夺。夏闰庵云:非特苍凉悲壮,且确是渡河,而非渡江。下阕虽写景,而"衰草"、"闲鸥"句,兼以书感,名句足敌白石。

甘 州

辛卯岁,沈尧道同余北归,各处杭、越。逾岁,尧道来问寂寞,语笑数日,又复别去。赋此曲,并寄赵学舟①

记玉关、踏雪事清游②,寒气脆貂裘。傍枯林古道,长河饮马③,此意悠悠。短梦依然江表④,老泪洒西州⑤。一字无题处,落叶都愁。　　载取白云归去⑥,问谁留楚佩,弄影中洲⑦?折芦花赠远,零落一身秋。向寻常野桥流水,待招来、不是旧沙鸥⑧。空怀感,有斜阳处,却怕登楼⑨。

注释

① 甘州:即《八声甘州》。辛卯岁:元世祖至元二十八年(1291)。杭、越,杭州和越州(治所在今浙江绍兴)。赵学舟:赵与仁,字符父,号学舟,宋宗室,作者词友。

② 玉关:玉门关,在甘肃。此代指北地边关。

③ 长河:指黄河。

④ 江表:江南。

⑤ "老泪"句:《晋书·谢安传》载,谢安素重羊昙,安扶病还都时从西州门入。安死,羊昙避而不走此路。后酒醉,不觉至西

州门,恸哭而去。西州,古城门,在今南京市西。

⑥ 白云:象征隐居之所。陶弘景《诏问山中何所有,赋诗作答》:
"山中何所有? 岭上多白云。只可自怡悦,不堪持赠君。"或
作者自指,其词集名《山中白云词》。皆可通。

⑦ "问谁"二句:《楚辞·湘君》,"捐余玦兮江中,遗余佩兮澧
浦";"君不行兮夷犹,蹇谁留兮中洲"。此抒思友之情。

⑧ 旧沙鸥:旧时的沙鸥,喻志在隐居之旧友。

⑨ "空怀感"三句:用王粲《登楼赋》及辛弃疾《摸鱼儿》词意,抒
家国之忧。

辑评

清谭献《复堂词话》:一气旋折,作壮词,须识此法。白石嗫
求稼轩,脱胎耆卿,此中消息,愿与知音人参之。

清陈廷焯《云韶集》:一片凄感,似唐人悲歌之诗。结笔一往情深。

俞陛云《唐五代两宋词选释》:上阕"短梦"以下四句能用重
笔,力透纸背,为《白云词》中所罕有。"折芦花"二句传诵词苑,
咸推名句。

陈匪石《宋词举》:结拍从稼轩"休去危栏倚,斜阳正在、烟柳
断肠处"化出,而气味各别;言尽意不尽,则与《高阳台》同一机
杼。至"枯林"、"古道"、"落叶"、"芦花"、"沙鸥"、"斜阳"及"悠
悠"、"寻常"等字,均非泛设,且中所蕴蓄只同游旧侣可以共喻,
有不能明言且无可与语者。在玉田词中,为直抒胸臆之作,通篇
一气直下,不使一提笔、转笔、衬笔,尤见力量。

吴激 (1090—1142)字彦高,号东山,建州(今福建建瓯)人。宋徽宗时宰相吴栻子,书画家米芾婿。北宋宣和四年(1122)至靖康二年(1127),出使金国被留,累官至翰林待制。金皇统二年(1142),出知深州,到官三日卒。工诗文,尤精于词,与蔡松年齐名,时号"吴蔡体"。有《东山乐府》。

满庭芳

谁挽银河,青冥都洗①,故教独步苍蟾②。露华仙掌,清泪向人沾③。画栋秋风袅袅,飘桂子、时入疏帘④。冰壶里⑤,云衣雾鬓⑥,掬手弄春纤⑦。厌厌⑧。成胜赏⑨,银盘泼汞⑩,宝鉴披奁。待不放楸梧,影转西檐。坐上淋漓醉墨⑪,人人看,老子掀髯⑫。明年会,清光未减,白发也休添。

注释

① "谁挽"二句:状月夜明净。挽银河,杜甫《洗兵马》有"安得壮士挽天河"句。青冥,天空。

② 苍蟾:月亮。古代神话传说月中有蟾蜍,故称。

③ "露华"二句:汉武帝造仙人承露铜像。唐李贺《金铜仙人辞

汉歌》序云:"魏明帝青龙元年八月,诏宫官牵车西取汉孝武捧露盘仙人,欲立置前殿。宫官既拆盘,仙人临载,乃潸然泪下。"

④ "画栋"三句:化用李贺《金铜仙人辞汉歌》"画栏桂树悬秋香"句意。

⑤ 冰壶:月亮,亦指月光。

⑥ 云衣雾鬓:指月中美丽的仙女。云衣,轻柔缥缈的衣裙。雾鬓,浓密秀美的头发。

⑦ 春纤:纤美的手指。

⑧ 厌厌:安静的样子。

⑨ 胜赏:胜境,美景。

⑩ "银盘"句:喻月亮分外皎洁。

⑪ 淋漓醉墨:醉中作画或赋诗,笔墨酣畅。

⑫ 老子:作者自称。掀髯:激昂奋发的样子。

辑评

金元好问《中州集》卷一《吴激》:"南朝千古伤心事"、"谁挽银河"等篇,自当为国朝第一手,而世俗独取《春从天上来》,谓不用他韵,《风流子》取对属之工,岂真识之论哉。

清吴蘅照《莲子居词话》卷一:吴彦高为中州乐府之冠,不特词高,其用韵亦谨饬有法。如……《满庭芳》专用"盐"韵,皆用《广韵》。

蔡松年 (1107—1159)字伯坚,晚号萧闲老人。真定(今河北正定)人。随父降金,历辟令史、太子中允、真定府判官,累官至右丞相,封卫国公,谥文简。有《萧闲公集》,其词《萧闲老人明秀集》六卷,今存三卷。

大江东去

还都后,诸公见追和赤壁词,用韵者凡六人,亦复重赋①

《离骚》痛饮②,笑人生佳处,能消何物。夷甫当年成底事,空想岩岩玉璧③。五亩苍烟,一丘寒碧④,岁晚忧风雪⑤。西州扶病⑥,至今悲感前杰。

我梦卜筑萧闲⑦:觉来岩桂,十里幽香发。魂磊胸中冰与炭⑧,一酌春风都灭。胜日神交⑨,悠然得意,遗恨无毫发。古今同致,永和徒记年月⑩。

注释

① 此词作于金皇统三年(1143)。天眷三年(1140),金毁盟攻宋,蔡松年随都元帅出征南下,兼总军中六部事。出征时,诸公、亲友等借苏轼《大江东去》词韵作《念奴娇》相送。四年后(1143),金宋议和成功,蔡松年"还都",重赋此《念奴娇》词以"追和"诸作。词调《大江东去》即《念奴娇》,因苏轼所作此调

192

以"大江东去"开头,故名。

② 《离骚》痛饮:《世说新语·任诞》:"王孝伯尝言:名士不必须
奇才,但使常得无事,痛饮酒,熟读《离骚》,便可称名士。"

③ "夷甫"两句:指西晋王衍等人清谈误国。夷甫,王衍字。《晋
书·王衍传》载,王衍位居宰辅,却不论世事,唯雅咏玄虚。
战事起,率军作战,全军覆没,自己也被石勒所杀。底事,何
事。岩岩玉壁,《世说新语·赞赏》载王衍:"岩岩清峙,壁立
千仞。"

④ "五亩"二句:指隐居之所。《汉书·自叙传》中有"栖迟于一
丘,则天下不易其乐"句。

⑤ "岁晚"句:以谢安四十入仕忧心国事,喻自己忙于国政。

⑥ 西州扶病:谢安出仕,犹存东山之志。因疾上书请归,却反被
诏由西州入都,只得深自慨叹。西州,故址在今江苏南京。

⑦ 萧闲:蔡松年在镇阳筑有萧闲堂,自号萧闲老人。

⑧ "嵬隗"句:指胸中不平之气。《世说新语·任诞》:"阮籍胸中
垒块,故须以酒浇之。"冰与炭,矛盾的心情。

⑨ 胜日:此指与诸友相聚酬唱之时。

⑩ "永和"句:意思是与诸友相聚,比兰亭雅集更胜一筹。东晋
王羲之等名士曾在春日于兰亭雅集,并留下《兰亭序》以记其
事,为后世所传。

辑评

金元好问《中州集》卷一《蔡松年小传》:以"离骚痛饮"为首

句,公乐府中最得意者,读之则平生自处,为可见矣。

清张蓉镜跋《萧闲老人明秀集注》:读其《念奴娇》一阕,激昂慷慨,宜乎遗山称为集中压卷之作。

清徐釚《词苑丛谈》卷三:金元三百年间,乐府推蔡伯坚与吴彦高,号"吴蔡体"。其《大江东去》,乃乐府中最得意者。词云(略)。

临江仙

雨晴,过邢嵓夫,用旧韵①

谁信玉堂金马客②,也随林下家风③。三杯大道果能通④,相逢开老眼,着我圣贤中⑤。　　会意清言穷理窟⑥,人间万事冥蒙⑦。暮寒松雪照群峰。衰颜无处避,只可屡潮红⑧。

注释

① 邢嵓夫:即邢具瞻,字嵓夫,辽西人。天会二年(1124)进士。仕至翰林待制,与吴激、蔡松年为文章友。

② 玉堂金马:汉代宫中有玉堂、金马二殿,为学士待诏之处。后亦称翰林院为"金马玉堂"。

③ 林下家风:指神情恬淡超脱的风姿。《晋书·烈女传》记济尼

对谢道韫和张玄妹的评价:"王夫人(谢道韫)神情散朗,故有林下风气。顾家妇(张玄妹)清心玉映,自是闺房之秀。"

④ "三杯"句:唐李白《月下独酌》:"三杯通大道,一斗合自然。"此化用其意。

⑤ 圣贤:代酒。《太平御览》卷八四四引魏人鱼豢《魏略》记:曹操禁酒,人窃饮之而难言酒,遂称白酒为贤人,清酒为圣人。

⑥ 清言穷理窟:以清玄之言洞达义理奥妙。清言,即玄言。理窟,义理。

⑦ 冥蒙:幽暗不明。

⑧ 潮红:饮酒时脸颊上泛起红晕。

辑评

元脱脱《金史》卷一二五:(蔡松年)文词清丽,尤工乐府,与吴激齐名,时号"吴蔡体"。

完颜亮 （1122—1161）字符功。金太祖孙。金皇统九年（1149），杀熙宗自立，改元天德。后伐宋，为部下所杀。好读书。今存词四首。

念奴娇

天丁震怒①，掀翻银海②，散乱珠箔。六出奇花飞滚滚③，平填了、山中丘壑。皓虎颠狂，素麟猖獗，擘断真珠索。玉龙酣战，鳞甲满天飘落④。

谁念万里关山⑤，征夫僵立，缟带占旗脚⑥。色映戈矛，光摇剑戟，杀气横戎幕。貔虎豪雄⑦，偏裨真勇⑧，非与谈兵略。须拼一醉，看取碧空寥廓。

注释

① 天丁：道教传说中天上的六丁神。

② 银海：银色的海洋。此喻洁白飞舞的雪花。

③ 六出奇花：即雪花。

④ "玉龙"两句：雪花漫天飞舞如酣战中白龙身上飘落的鳞甲。
  张元《雪》："战死玉龙三十万，败鳞风卷满天飞。"此化用之。

⑤ 关山：泛指关隘。

⑥ 缟带：白色生绢带。此指雪。旗脚：旗尾。

⑦ 貔(pí)虎:喻英武的战士。貔,一种似虎的野兽。

⑧ 偏裨:偏将和裨将,古时将佐的通称。

辑评

明陈霆《渚山堂词话》卷二:金完颜亮,颇有词章,尝作《昭君怨》"雪"词:"昨日樵村渔浦,今日琼川银渚。山色卷帘看,老峰峦。 锦帐美人贪睡,不觉天花剪水。惊问是杨花,是芦花?"亮之他作,例倔强怪诞,殊有桀骜不在人下之气。

鹊桥仙

待 月

停杯不举,停歌不发,等候银蟾出海①。不知何处片云来,做许大、通天障碍。 虬髯捻断②,星眸睁裂③,唯恨剑锋不快。一挥截断紫云腰④,仔细看,嫦娥体态⑤。

注释

① 银蟾:指月亮。传说月中有蟾蜍。

② 虬髯:卷曲的胡须,特指颊须。

③ 星眸：明亮的眼睛。

④ "唯恨"两句：唐李白《古风五十九首》其三："挥剑决浮云。"紫
云，紫色的云，此指阴云。

⑤ 嫦娥：传说中后羿妻，偷吃西王母赐后羿不死药奔月。

辑评

宋洪迈《夷坚支志丙》卷四：凶威可掬。

明沈德符《万历野获编》卷一：雄快可喜。

清沈雄《古今词话·词话》卷下引《艺苑雌黄》：俚而实豪。

赵秉文 （1159—1232）字周臣，号闲闲居士，磁州滏阳（今河北磁县）人。大定二十五年(1185)进士，官至礼部尚书。后乞致仕不许，改翰林学士，兼修国史。天资聪颖，博闻强记，著述甚丰，字画诗词皆气格高逸。有《闲闲老人滏水文集》二十卷。

大江东去

用东坡先生韵

秋光一片，问苍苍桂影，其中何物①。一叶扁舟波万顷②，四顾粘天无壁③。叩枻长歌④，嫦娥欲下，万里挥冰雪。京尘千丈⑤，可能容此人杰？　回首赤壁矶边⑥，骑鲸人去⑦，几度山花发。澹澹长空千古梦，只有归鸿明灭⑧。我欲从公，乘风归去⑨，散此麒麟发⑩。三山安在⑪？玉箫吹断明月。

注释

① "问苍苍"二句：传说月宫中有桂树。桂影，代指月亮。

② "一叶"句：宋苏轼《前赤壁赋》："白露横江，水光接天。纵一苇之所如，凌万顷之茫然。"

③ 粘天无壁：形容浩渺辽阔，水天相接。唐韩愈《祭张员外文》：

"洞庭漫汗,粘天无壁。"

④ 叩枻(yì):敲打着船舷。枻,船舷。

⑤ 京尘:喻指功名利禄等尘俗之事。晋陆机《为顾彦先赠妇》中有"京洛多风尘"句。

⑥ 赤壁矶:在今湖北黄冈城西北江滨。非三国赤壁鏖战处。

⑦ 骑鲸人:李白。他曾自称海上骑鲸客,此处借指苏轼。

⑧ "澹澹"两句:化用唐杜牧《登乐游原》诗:"长空澹澹孤鸟没,万古销沉向此中。"

⑨ "我欲"两句:追随苏轼之意。苏轼原韵词中有:"我欲乘风归去,又恐琼楼玉宇,高处不胜寒。"

⑩ "散此"句:韩愈《杂诗》:"翩然下大荒,被发散麒麟。"麒麟,古代传说中的神兽,是吉祥的象征。

⑪ 三山:传说中的海上三神山,代神仙居处。

辑评

清冯金伯《词苑萃编》卷之六《品藻》引《词苑丛谈》:尝见擘窠书自作和东坡赤壁词,雄壮震动,有渴骥怒猊之势。元好问为之题跋,而词亦壮伟不羁。视"大江东去",信在伯仲间,可谓词翰两绝者。

清张宗橚《词林纪事》卷二十引元遗山集《题闲闲书赤壁赋后》:东坡赤壁词,殆戏以周郎自况也。词才百许字,而江山人物,无复余蕴,宜其为乐府绝唱。闲闲公乃以(坡)仙语追和之,非特词气放逸,绝去翰墨畦径,其字画亦无愧也。

李纯甫 (1185—1231?)字之纯,号屏山居士,襄阳(今河北阳原)人。承安二年(1197)进士。官至尚书右司都事。擢翰林,知贡举,后改京兆府判官。存词一首。

水龙吟

几番冷笑三闾①,算来枉向江心堕。和光混俗②,随机达变③,有何不可。清浊从他,醉醒由己④,分明识破。待用时即进,舍时便退⑤,虽无福,亦无祸。　　你试回头觑我⑥。怕不待峥嵘则个⑦。功名半纸,风波千丈⑧,图个甚么。云栈扬鞭,海涛摇棹⑨,争如闲坐。但尊中有酒,心头无事,葫芦提过⑩。

注释

① 三闾:指屈原,曾任三闾大夫。屈原有经营天下之志,而不为楚王所用,后被流放,自沉于汨罗江。

② 和光混俗:随俗而处,不露锋芒。《老子》有"和其光,同其尘"语。

③ 达变:通晓并适应事物的变化。

④ "清浊"两句:《楚辞·渔父》:屈原被放逐,游于江潭。渔父见而问:"子非三闾大夫与? 何故至于斯?"屈原道:"举世皆浊我独清,众人皆醉我独醒,是以见放。"

⑤ "待用时"两句:《论语·述而》有:"用之则行,舍之则藏。"此化用其意。

⑥ 觑:窥视。

⑦ 峥嵘:卓越不凡的功名事业。则个:语气助词。

⑧ "功名"两句:意思是建一点功名,要冒很大的风险或历尽艰辛。

⑨ "云栈"二句:在高危之处奔波。云栈,海涛,喻指高危之所。摇棹,划船。

⑩ 葫芦提:糊里糊涂,宋元时口语。

元好问　（1190—1257）字裕之，号遗山，太原秀容（今山西忻县）人。唐诗人元结后裔。七岁能诗，金宣宗兴定五年（1221）进士。官至尚书省左司员外郎。金亡不仕。晚年从事著述编纂，诗文为一代宗匠。有《遗山集》四十卷，又辑《中州集》、《中州乐府》。

水龙吟

从商帅国器猎于南阳，同仲泽、鼎玉赋此①

少年射虎名豪，等闲赤羽千夫膳②。金铃锦领③，平原千骑。星流电转④。路断飞潜⑤，雾随腾沸，长围高卷⑥。看川空谷静⑦，旌旗动色⑧，得意似，平生战。　城月迢迢鼓角⑨，夜如何，军中高宴。江淮草木，中原狐兔⑩，先声自远。盖世韩彭⑪，可能只办，寻常鹰犬。问元戎早晚，鸣鞭径去，解天山箭⑫。

注释

① 商帅国器：指金商州（治所在今陕西商县）防御史完颜斜烈，名鼎，字国器。南阳：在河南省。仲泽：王渥字。渥为金兴定二年（1218）进士，连辟寿州、商州、武胜三帅经历官，曾使宋

203

议和,被誉为"中州豪士"。鼎玉:王铉。

②"等闲"句:从容统率千军万马。唐杜甫《武卫将军歌》有"赤
　羽千夫膳,黄河十月冰"句。赤羽,旗帜。千夫膳,喻军士
　之多。

③金铃锦领:言车骑、军士装束严整豪华。

④星流电转:狩猎时如流星闪电,迅猛异常。《周书·晋荡公护
　传》:"更集诸部,倾国齐至,星流电击,数道俱进。"

⑤路断飞潜:即飞潜路断,鱼和鸟都惊慌得失去了方向。飞潜,
　空中飞禽、水中游鱼。

⑥长围:合围。

⑦山空谷静:言野兽被赶出逃,山谷一片空荡、寂静。

⑧旌旗动色:形容军士们的兴奋、激动之情。旌旗,代指军士。

⑨迢迢鼓角:鼓角之声悠长回荡。

⑩"江淮"二句:分别用"草木皆兵"典和"中原逐鹿"典。借以赞
　誉商帅军势强大。淝水之战中,苻坚惨败,望风吹草木,皆疑
　为晋兵。江淮草木,隐指南宋军。中原逐鹿,《史记·淮阴侯
　列传》:"秦失其鹿,天下共逐之。于是高材疾足者先得焉。"
　中原狐兔,隐指蒙古军。

⑪"盖世"二句:夸誉商帅勇敢且谋略过人,即使像韩信、彭越那
　样的盖世英雄,也只能像鹰犬一样受其驱遣。韩彭,韩信和
　彭越,皆西汉开国名将。

⑫天山箭:唐薛仁贵胜突厥族于天山,军中誉之为"将军三箭定
　天山"。

宋张炎《词源》卷下：元遗山极称稼轩词，及观遗山词，深于用事，精于炼句，有风流蕴藉处，不减周、秦。

清陈廷焯《词坛丛话》：元遗山词，为金人之冠。疏中有密，极风骚之趣，穷高迈之致，自不在玉田下。

清平乐

太山上作①

江山残照②，落落舒清眺③。涧壑风来号万窍④，尽入长松悲啸。　　井蛙瀚海云涛，醯鸡日远天高⑤。醉眼千峰顶上，世间多少秋毫！

注释

① 太山：即泰山。

② 残照：落日余晖。

③ "落落"句：化用唐杜甫《次空灵岸》"落落展清眺"诗句。落落，坦荡、坦率。清眺，悠闲地远望。

④ "涧壑"句：《庄子·齐物论》："夫大块噫气，其名为风，是唯无作，作则万窍怒号。"

《清平乐》（江山残照）

⑤ "井蛙"二句:意思是与泰山的永恒和雄伟相比,人生显得十分渺小和短暂。《庄子·秋水》:"井蛙不可以语于海者,拘于虚也。"醯(xī)鸡,小虫名,即蠛蠓,常用以形容微小。

辑评

清刘熙载《艺概·词曲概》:金元遗山,诗兼杜、韩、苏、黄之胜,俨有集大成之意。以词而论,疏快之中,自饶深婉,亦可谓集两宋之大成者矣。

水调歌头

赋三门津①

黄河九天上②,人鬼瞰重关。长风怒卷高浪,飞洒日光寒。峻似吕梁千仞③,壮似钱塘八月④,直下洗尘寰。万象入横溃⑤,依旧一峰闲⑥。　　仰危巢,双鹄过,杳难攀。人间此险何用,万古秘神奸⑦。不用燃犀下照⑧,未必伏飞强射⑨,有力障狂澜。唤取骑鲸客⑩,挝鼓过银山⑪。

注释

① 三门津:三门峡,在今河南三门峡东北黄河上。有南鬼门、中神门、北人门三股急流,故得名。

② 九天:天的中央和八方,极言天空之高。

③ 吕梁:山名,在今山西西部。《列子·黄帝》:"孔子观于吕梁,悬水三十仞,流沫三十里,鼋鼍鱼鳖之所不能游也。"千仞:极言其高。

④ 钱塘八月:钱塘大潮。钱塘江入海口处,八月潮水最为壮观。

⑤ 横溃:横溢泛滥的河水。

⑥ 一峰:指砥柱山,处三门峡急流中。

⑦ 秘神奸:造化神妙莫测。秘,隐藏。

⑧ 燃犀下照:《晋书·温峤传》载,温峤奉命平乱,至牛渚矶(即采石矶),水深不可测,人云其下多怪物,乃燃犀角照之,须臾见水族被火所灭,形状甚奇异。

⑨ 伙(cì)飞:春秋时楚人,曾入江刺杀蛟龙。

⑩ 骑鲸客:唐李白曾自称海上骑鲸客,后泛指豪俊之士。

⑪ 挝(zhuā):敲打,击。银山:汹涌的波涛。

辑评

清况周颐《蕙风词话》卷三:何尝不崎崛排奡。坡公之所不可及者,尤能于此等处不露筋骨耳。《水调歌头》当是遗山少作。晚岁鼎镬余生,栖迟零落,兴会何能飙举。知人论世,以谓遗山即金之坡公,何遽有愧色耶?充类言之,坡公不过逐臣,遗山则遗臣、孤臣也。

水调歌头

缑山夜饮①

　　石坛洗清露，乔木拥苍烟。缑山七月笙鹤②，曾此上宾天。为问云间嵩少③，老眼无穷今古，夜乐几人传④。宇宙一丘土，城郭又千年⑤。　　　一襟风，一片月，酒尊前。王乔为汝吴饮，留看醉时颠。杳杳白云青嶂，荡荡银河碧落，长袖得回旋。举手谢浮世，我是饮中仙⑥。

注释

① 缑(gōu)山：在今河南偃师东南。

② "缑山七月"句：用王子乔典。刘向《列仙传·王子乔》载，王子乔为周灵王太子晋，好吹笙作凤凰鸣。曾游伊洛之间，被道人接上嵩山。三十年后，求之于山上，见桓良曰："告我家，七月七日待我于缑氏山颠。"时至，果乘白鹤驻山头，举手谢人，数日而去。

③ 嵩少：嵩岳的少室山。

④ 夜乐：指王子乔吹笙之乐。

⑤ "宇宙"二句：旧题陶潜《搜神后记》载，辽东人丁令威学道后化鹤归辽，集城门华表柱。后盘旋空中道："有鸟有鸟丁令威，去家千年今始归。城郭如故人民非，何不学仙冢垒垒。"

后冲天而去。

⑥ 饮中仙:酒仙。指豪饮之士。唐杜甫《饮中八仙歌》写李白:"天子呼来不上船,自称臣是酒中仙。"

念奴娇

钦叔、钦用避兵太华绝顶,以书见招,因为赋此①

云间太华,笑苍然尘世,真成何物。玉井莲开花十丈②,独立苍龙绝壁③。九点齐州,一杯沧海④,半落天山雪⑤。中原逐鹿⑥,定知谁是雄杰。　　我梦黄鹤移书,洪崖招隐⑦,逸兴尊中发。箭笴天门飞不到⑧,落日旌旗明灭。华屋生存,丘山零落⑨,几换青春发。人间休问,浩歌且醉明月。

注释

① 钦叔、钦用:即李献能、李献甫兄弟。李献能(1192—1232),字钦叔,河中人,金贞祐三年(1215)特赐辞赋进士,廷试第一。李献甫(1195—1234),字钦用,李献能从弟。举兴定间进士。二人皆工诗文。太华:华山,在陕西境内。

② 玉井:华山莲花峰。

③ 苍龙绝壁:华山北峰有苍龙岭,三面悬绝,如削壁立。

④ "九点"二句:用唐李贺《梦天》诗:"遥望齐州九点烟,一泓海水杯中泻。"是梦幻中想象由天空下视人寰景象。

⑤ "半落"句:形容为冰雪覆盖的天山如飘落半空的莲花。

⑥ 中原逐鹿:喻指争夺天下。《史记·淮阴侯列传》:"秦失其鹿,天下共逐之。于是高材疾足者先得焉。"

⑦ 洪崖:传说中的仙人,居华山绝壁下。

⑧ 箭筈:箭尾。

⑨ 丘山零落:指死后坟墓凋零不堪。

辑评

清况周颐《蕙风词话》卷三:元遗山以丝竹中年,遭遇国变,崔立采望,勒授要职,非其意指。卒以抗节不仕,憔悴南冠二十余稔。神州陆沉之痛,铜驼荆棘之伤,往往寄托于词。

段克己　(1196—1254)字复之,号遯斋,绛州稷山(今山西稷山)人。金末进士,金亡不仕元,人称"儒林标榜"。早年与弟段成己以文擅名,赵秉文称其为"二妙",有诗词合集《二妙集》八卷。工词,有《遯斋乐府》一卷。

满江红

过汴梁故宫城①

塞马南来②,五陵草树无颜色③。云气黲,鼓鼙声震,天穿地裂④。百二河山俱失险⑤,将军束手无筹策。渐烟尘,飞度九重城⑥,蒙金阙。　　长戈袅,飞鸟绝。原厌肉⑦,川流血⑧。叹人生此际,动成长别。回首玉津春色早⑨,雕栏犹挂当时月。更西来,流水绕城根,空呜咽。

注释

① 汴梁:开封别称,曾为北宋、金两朝国都。
② 塞马:代指元蒙军队。
③ 五陵:西汉五位皇帝的陵墓,此代指宋、金故都汴梁。
④ 天穿地裂:即天崩地裂。喻蒙古军大举入侵,金朝遭受巨大灾难。

⑤ 百二河山:险要的地理形势。《史记·高祖本纪》:"秦,形胜之国,带河山之险,县隔千里,持戟百万,秦得百二焉。"

⑥ 九重城:宫城,古时天子所居。此指汴梁。

⑦ 原厌肉:尸骨遍野。厌,通"餍",满足。

⑧ 川流血:血流成河。

⑨ 玉津:园名,在开封城南门外,北宋诸帝常幸此。

辑评

清冯金伯《词苑萃编》卷六:二段幼有才名,赵尚书秉文识诸童时,目之曰二妙,大书"双飞"二字名其里。兄弟俱第进士,入元后皆不仕,时人目为儒林标榜。

段成己　(1199—1279)字诚之,号菊轩。绛州稷山(今属山西)人。段克己之弟,正大年间进士。授宜阳主簿。金亡,闭门读书近四十年。入元,世祖召为平阳儒学提举,坚辞不就。有诗词与段克己合称《二妙集》,另有词集《菊轩乐府》一卷。

月上海棠

　　老来还我扶犁手,想豪气十分已无九。都把济时心,分付于一时英秀。还自笑,潦倒犹堪湎酒①。从前枉被虚名负。何似尊前圣贤友②。纤手斫金齑③,一嚼不妨时嗅。颓然醉,卧印苍苔半袖。

注释

① 湎(tì)酒:沉湎于酒,醉酒。
② 圣贤友:酒。参见蔡松年《临江仙》"谁信玉堂金马客"注⑤。圣、贤分别借指清酒、浊酒。
③ 金齑(jī):金齑玉鲙的省称。

辑评

　　清沈雄《古今词话·词评》下卷引《柳塘词话》:河东段克己,字复之,著《遁斋乐府》。弟成己,字诚之,著《菊轩乐府》。两人登第,入元俱不仕。时人目为儒林标榜。

　　清况周颐《蕙风词话》卷三:于情中人深静,于疏处运追琢,尤能得词家三昧。

王恽 (1227—1304)字仲谋,号秋涧,卫州汲县(今属河南)人。累官至中奉大夫,赠翰林学士承旨,知制诰。尝师从元好问,诗词有遗山风韵。有《秋涧大全集》一百卷,词附其中。《彊村丛书》辑有《秋涧乐府》四卷。

鹧鸪天

赠驭说高秀英[1]

短短罗袿淡淡妆。拂开红袖便当场。掩翻歌扇珠成串。吹落谈霏玉有香[2]。　　由汉魏、到隋唐。谁教若辈管兴亡。百年总是逢场戏,拍板门槌未易当[3]。

注释

[1] 驭说:即说书。高秀英:当时著名女说书艺人,生平不详。

[2] "掩翻"二句:形容说书技艺高超,谈吐清雅。谈霏,清谈霏玉屑,形容谈吐英爽,如含珠吐玉。

[3] 拍板门槌:说书时使用的道具。

辑评

清况周颐《蕙风词话》卷三:此词清浑超逸,近两宋风格。

216

刘敏中 (1243—1318)字瑞甫,号中庵,章丘(在今山东济南东)人。历仕监察御史、集贤学士、翰林学士承旨。卒赐光禄大夫,追封齐国公,谥文简。善词曲。有《中庵乐府》二卷。

点绛唇

人至,承以二绝句见贶①。清简幽深,情意都尽。披阅讽咏,如接芝宇②,感慰可胜言哉。辄有小词,录奉一笑,且以寄企向之意云。刘敏中上

短梦惊回,北窗一阵芭蕉雨。雨声还住。斜日鸣高树。 起望行云,送雨前山去。山如雾。断虹犹怒③。直入山深处。

注释

① 贶(kuàng):赐予。

② 芝宇:眉宇的美称。旧时书简多用于指对方,表示敬爱。

③ 断虹:残虹,一半出现,一半被遮掩的彩虹。

辑评

清李佳《左庵词话》卷上:写出骤雨乍晴光景。

清陈廷焯《词则·放歌集》:写骤雨后景色雄肆。

刘因 （1249—1293）字梦吉，号静修，容城（今河北容城）人。元世祖至元中任承德郎、右赞善大夫，旋以母病乞归，复召之，力辞不就。谥文靖。工诗文、善画，有《静修集》。

鹊桥仙

悠悠万古，茫茫天宇①。自笑平生豪举。元龙尽意卧床高②，浑占得、乾坤几许③？　　公家租赋，私家鸡黍④，学种东皋烟雨⑤。有时抱膝看青山，却不是、长啸梁甫⑥。

注释

① "悠悠"两句：时间绵延无尽，空间辽阔无际。

② "元龙"句：元龙，三国时"湖海之士"陈登。许汜曾就他求田问舍，他竟无主客之意，不与语，自卧大床，使许汜卧下床。事见《三国志·陈登传》。

③ "浑占得"两句：谓陈登虽有豪举，在广阔乾坤中却显得渺小。

④ "公家"两句：完成公家租税，还可供应自家饮食。鸡黍，代指丰盛的饭菜。

⑤ 东皋：唐诗人王绩，自号东皋子。躬耕隐居。此指隐居之地。

⑥ "有时"三句:《三国志·蜀志》载,诸葛亮躬耕陇亩,作《梁甫吟》自比于管仲、乐毅。晨夕常抱膝长啸。此以诸葛亮自比。

辑评

清刘熙载《艺概·词曲概》:东坡谓陶渊明诗臞而实腴,质而实绮。余谓元刘静修之词亦然。

又:苏、辛词似魏玄成之妩媚,刘静修词似邵康节之风流,倘泛泛然以横放瘦淡名之,过矣。

清况周颐《蕙风词话》卷三:寓骚雅于冲夷,足称郁于平淡,读之如饮醇醪,如鉴古锦。涵咏而玩索之,于性灵怀抱,胥有裨益。备录之,不觉其赘也。

赵孟頫 (1254—1322)字子昂,号松雪道人。宋太祖子秦王赵德芳之后,五世祖赵伯圭赐第湖州,遂为湖州人。宋末为真州司户参军。元至元中,以程钜夫荐入见,授兵部郎中,官至翰林学士承旨。工书画,有《松雪词》一卷。

虞美人

浙江舟中作①

潮生潮落何时了？断送行人老②。消沉万古意无穷,尽在长空、淡淡飞鸟中③。　　海门几点青山小④。望极烟波渺⑤。何当驾我以长风⑥,便欲乘桴、浮到日华东⑦。

注释

① 浙江:此指钱塘江。

② 断送:消磨、打发。

③ "消沉"两句:化用唐杜牧《登乐游原》:"长空澹澹孤鸟没,万古销沉向此中。"抒发兴亡之感。

④ 海门:钱塘江入海口。

⑤ 望极:极目远望。

⑥ 驾我以长风:《南史·宗悫传》载,宗悫尝言:"愿乘长风破万

《虞美人》(潮生潮落何时了)

里浪。"言胸有大志。

⑦ "便欲"句:意谓愿意为君王效力。日华,太阳的光辉,借指太
阳。古人常以日喻君。乘桴,传说天河与海通,有居海者见
每年八月有浮槎,去来不失期,乘之,竟至天河见牵牛织女。

辑评

清沈雄《古今词话·词话》下卷引《尧山堂外纪》:邵复斋曰:
"公以承平王孙,而遭世变,黍离之悲,有不能忘情者,故长短句
得骚人之遗。"

清李佳《左庵词话》卷上:赵子昂词:"消沉万古意无穷,尽在
长空,淡淡飞鸟中"……皆佳。

清陈廷焯《词则·别调集》卷三:哀怨之情,溢于言表,责其
人,亦悲其遇也。

鲜于枢 （1259—1301）字伯机，号困学民，又号直寄老人、西溪子、虎林隐吏。渔阳(今天津蓟县)人。历仕路吏、两浙转运司经历、江浙行省都事、太常寺典簿等。精于书画辞赋、古玩鉴赏。著有《困学斋杂录》《困学斋诗集》。

念奴娇

八咏楼①

长溪西注②，似延平双剑，千年初合③。溪上千峰明紫翠，放出群龙头角④。潇洒云林⑤，微茫烟草，极目春洲阔。城高楼迥，恍然身在寥廓⑥。我来阴雨兼旬，滩声怒起，日日东风恶。须待青天明月夜，一试严维佳作⑦。风景不殊⑧，溪山信美，处处堪行乐⑨。休文何事，年年多病如削⑩。

注释

① 八咏楼:原名元畅楼,旧址在浙江金华。因南朝梁沈约曾赋诗八首于楼上,故名八咏楼。

② 长溪:婺江自金华至兰溪一段称长溪。此借指八咏楼南临之婺江。西注:婺江自东南向西北流,注入兰溪,汇钱塘,

故言。

③ "似延平"两句:比喻双溪汇合,如两龙(双剑)缠绕。《晋书·张华传》载,张华夜间见斗牛之间常有紫气,求教于豫章人雷焕,焕认为是"宝剑之精上彻于天",其地在豫章丰城。张华补其为丰城令。雷焕到任,在该县狱基下掘得龙泉、太阿二剑。其夕,斗牛间气不复见。二人各得一剑。后张华被诛,宝剑失。雷焕卒,其子持剑行经延平津,剑从腰间跃出坠水,令人入水取之,不见剑,但见各长数丈两条龙蟠萦水下。须臾间,光彩照水,波浪惊沸。

④ "溪上"两句:言婺江两岸重峦叠嶂,山峰突兀槎牙,犹如群龙头角。

⑤ 云林:烟云缭绕的树林。

⑥ 寥廓:辽远的天空。

⑦ 严维:字正文,唐代越州人。其《送人入金华》诗中有"明月双溪水,清风八咏楼"句,盛传一时。

⑧ 风景不殊:借用《世说新语·言语》"风景不殊,正自有山河之异"成句,赞叹山河之美。

⑨ "溪山"二句:汉王粲《登楼赋》:"虽信美而非吾土兮,曾何足以少留。"此反用其意。

⑩ "休文"二句:谓面对美景,不应身体不佳。《南史·沈约传》载:"(约)与徐勉素善,遂以书陈情于勉,言己老病:'百日数旬,革带常应移孔;以手握臂,率以月小半分。'"

辑评

明杨慎《词品》卷六：沈休文八咏诗，语丽而思深，后人遂以名楼，照映千古。近时赵子昂、鲜于伯机诗词颇胜。……鲜于《百字令》云（略）。二作结句略同，稍含微意，不专为咏景发。

沈禧　约生活于元至正(1341—1368)前后。字廷锡。吴兴(今浙江湖州)人,词曲兼善。有《竹斋词》一卷。

风入松

白云堆里奋苍虬①,横亘洞庭秋。掀髯舞爪何狞恶,峥嵘势、挟石崩流②。飞入君家栏槛,满堂风雨飕飕。　　须臾烟雾漠然收③,幻出老松楸。谁濡墨汁传神妙④,森森露,铁戟戈矛。对此翠涛银浪,也胜瑶岛沧洲⑤。

注释

① 苍虬:苍龙。虬,传说中的无角龙。这里是形容松树枝干盘曲有力。

② 挟石:挟裹着山块。崩流:形容水势浩大,如山崩地裂。

③ 须臾:一会儿。漠然:不知不觉。

④ 濡:浸渍、沾湿。

⑤ 瑶岛沧洲:海上仙岛。沧洲,江海之滨,泛指水滨。

萨都剌 约生于元朝初年。字天锡,号直斋,先祖为西域色目人。生于雁门(今山西代县)。泰定四年(1327)进士。历仕福建道廉访司知事、河北道廉访司经历等。元后期重要诗词作家。有《雁门集》三卷,集外诗一卷,词集名《天锡词》。

木兰花慢

彭城怀古①

古徐州形胜,消磨尽、几英雄。想铁甲重瞳②,乌骓汗血③,玉帐连空④。楚歌八千兵散,料梦魂,应不到江东⑤。空有黄河如带⑥,乱山起伏如龙⑦。汉家陵阙动秋风⑧,禾黍满关中⑨。更戏马台荒⑩,画眉人远⑪,燕子楼空⑫。人生百年如寄⑬,且开怀、一饮尽千钟。回首荒城斜日,倚栏目送飞鸿⑭。

注释

① 彭城:今江苏徐州。相传上古时彭祖在此建立大彭氏国,战国时一度为楚怀王都城,秦末项羽曾以彭城为西楚都城,汉末曹操迁州治于此。

② 铁甲重瞳:指项羽。《史记·项羽本纪》载,项羽眼中有双

瞳仁。

③ 乌骓：项羽所骑战马。汗血：大宛所产良马，日行千里，汗出如血。

④ 玉帐连空：形容兵多势盛。玉帐，军帐的美称。

⑤ "楚歌"三句：指项羽最终于垓下被围，因不愿再过江东自刎事。《史记·项羽本纪》载：项羽军驻垓下，受汉军重围。夜闻汉军营中楚歌从四面传来。项羽士兵以为汉已尽得楚地，军心涣散，不攻自破。项羽逃至乌江边，乌江亭长劝其急渡江东，项羽道："籍与江东子弟八千人渡江而西，今无一人还，纵江东父老见怜而王我，我何面目见之。"遂自刎。

⑥ 黄河如带：宋元时黄河水道尚过徐州，可为军事屏障，故云。

⑦ "乱山"句：徐州南有云龙山，相传宋武帝微时憩息此山，有云龙旋绕。

⑧ 汉家陵阙：汉代诸帝陵墓，在今西安附近。唐李白《忆秦娥》词中有"西风残照，汉家陵阙"句，此化用其意。

⑨ "禾黍"句：关中荒芜，寓兴亡之叹。《诗·王风》有《黍离》篇，为周大夫行至故都，悲慨周室败亡而作。

⑩ 戏马台：又名掠马台，旧址在今江苏徐州南。项羽因山筑台，以观兵马操演。

⑪ 画眉人：喻闺中知己。《汉书·张敞传》："（张敞）又为妇画眉。长安中传张京兆眉怃。有司以奏敞，上问之，对曰：'臣闻闺房之内，夫妇之私，有过于画眉。'"后以画眉喻夫妻恩爱。

⑫ 燕子楼:旧址在徐州城北,唐武宁军节度使张建封(实乃其子张愔)为其爱妾关盼盼所建。张死,盼盼念旧,独居燕子楼十余年不嫁。宋苏轼《永遇乐》词中有"燕子楼空,佳人何在,空锁楼中燕"句。

⑬ "人生"句:人纵长命百岁也是短暂的。《古诗十九首》有"人生忽如寄"句。

⑭ 目送飞鸿:晋嵇康《赠秀才入军》:"目送归鸿,手挥五弦。"

辑评

清许昂霄《词综偶评》:"空"字重叶。

清陈廷焯《词则·放歌集》:("楚歌八千"数句),声调高朗,直逼幼安。("人生百年"数句):一笔撇开,兔起鹘落。

醉江月

过淮阴①

短衣瘦马,望楚天空阔,碧云林杪。野水孤城斜日里,犹忆那回曾到。古木鸦啼,纸灰风起,飞入淮阴庙②。椎牛酾酒③,英雄千古谁吊④。　　何处漂母荒坟⑤,清明落日,断肠王孙草⑥。鸟尽弓藏成底事⑦，百事不如归好。半夜钟声，五更鸡唱。南北行人老。道旁杨柳，青青春又来了。

注释

① 淮阴：淮阴郡，治所在今江苏淮阴西南甘罗城。

② 淮阴庙：淮阴侯韩信庙，在今江苏淮阴西南。

③ 椎牛酾酒：杀牛、斟酒以祭亡灵。

④ 英雄：此指韩信。

⑤ 漂母：洗衣妇。《史记·淮阴侯列传》载，韩信钓于城下，诸母漂，一母见信饥，饭信，竟漂数十日。信喜谓母曰："吾必有以重报母。"母怒曰："大丈夫不能自食，吾哀王孙而进食，岂望报乎！"后信为楚王，赠所从食漂母千金。

⑥ "断肠"句：谓漂母坟头荒芜。《楚辞·招隐士》："王孙游兮不归，春草生兮萋萋。"

⑦ 鸟尽弓藏：鸟被射猎光了，弓箭也就被收藏起来了。大功告成后，功臣受害。《史记·淮阴侯列传》载韩信被害前说："果若人言：'狡兔死，良狗烹；高鸟尽，良弓藏。敌国破，谋臣亡。'天下已定，我固当亨(烹)。"

辑评

清李昂霄《词综偶评》：结语自谓。

又："半夜钟声"以下，似乎稍泛，与前不称。

清李佳《左庵词话》卷上:萨都剌《酹江月》"过淮阴"云(略)。雁门诸作,多感慨苍莽之音,是咏古正格。

清陈廷焯《词则·放歌集》:(下阕)措语凄警,是"过"字神理。相题行文,不然竟似淮阴吊古题矣。

刘基　(1311—1375)字伯温,号犁眉,青田(今属浙江)人。元末进士,曾任浙东行省郎中、高安县丞。后弃官隐居。明太祖起事,聘至金陵,任御史中丞。后为胡维庸谗毁,忧愤而死,追谥文成。有《诚意伯文集》。

水龙吟

　　鸡鸣风雨潇潇①,侧身天地无刘表②。啼鹃迸泪,落花飘恨③,断魂飞绕。月暗云霄,星沉烟水④,角声清袅。问登楼王粲⑤,镜中白发,今宵又添多少?　　极目乡关何处⑥?渺青山髻螺低小⑦。几回好梦,随风归去,被渠遮了。宝瑟弦僵,玉笙指冷,冥鸿天杪⑧。但侵阶莎草⑨,满庭绿树,不知昏晓。

注释

① "鸡鸣"句:《诗经·风雨》:"风雨潇潇,鸡鸣胶胶。"写生逢乱世思念君子。此化用其意。

② 刘表:字景升,东汉献帝时荆州刺史。中原混战时,刘表独据一隅,爱民养士,士民多归之。

③ "啼鹃"二句:化用唐杜甫《春望》"感时花溅泪,恨别鸟惊心"

诗意。杜鹃,鸟名,声音哀切,传说为上古蜀望帝魂魄所化。

④ "月暗"二句:喻指时局幽晦不明。

⑤ 王粲:三国时"建安七子"之一。曾往荆州依刘表,不受重用,
尝登麦城(今湖北境内)城楼作《登楼赋》,抒写久客异地之情
和不被重用之叹。

⑥ "极目"句:唐崔颢《黄鹤楼》:"日暮乡关何处是,烟波江上使
人愁。"

⑦ 髻螺:盘成螺形的发髻,喻青山。

⑧ 冥鸿天杪(miǎo):鸿雁向天边飞去。天杪,天边、天际。

⑨ 莎(suō)草:草名,又叫香附。

辑评

明陈霆《渚山堂词话》卷一:刘未遇时,尝避难江湖间。往见
有《水龙吟》一阕云云。此词当是无聊中作。"风雨萧萧"、"不知
昏晓",则有感于时代之昏浊。而世无刘表、"登楼王粲",则自伤
于身世之羁孤。然孰知其不得志于前元者,乃天特老其才,将以
贻诸皇明也哉? 是则适为大幸也。

清徐釚《词苑丛谈》卷三:刘伯温未遇时,赋感怀《水龙吟》云
云,激昂感慨,择木之志见矣。

高启 (1336—1374)字季迪,号青丘子,又号槎轩,长洲(今苏州)人。元末,隐居吴淞江之青丘,自号青丘子。明洪武初,召修元史,为编修,擢户部右侍郎,乞归。后因为文犯明太祖朱元璋讳,被腰斩。词以疏旷见长,有《扣舷词》。

念奴娇

自　述①

策勋万里,笑书生、骨相有谁曾许②?壮志平生还自负,羞比纷纷儿女。酒发雄谈③,剑增奇气,诗吐惊人语。风云无便,未容黄鹄轻举④。　　何事匹马尘埃,东西南北,十载犹羁旅;只恐陈登容易笑⑤。负却故园鸡黍⑥。笛里关山⑦,樽前日月,回首空凝伫。吾今未老,不须清泪如雨。

注释

① 元至正二十一年(1361),高启二十五岁,有嘉兴相士薛月鉴为其相面,说他"脑后骨已隆,眉间气初黄"。不久将成就功业。高启作《赠薛相士》诗以答。日后回忆而作此词。

② "策勋"二句:策勋万里,立功万里之外并记功于策。骨相,人

的骨骼、体貌,古时相术以此测人命运。

③ "酒发"句:酒后纵论天下大事。

④ 风云无便:言时机未到,无法施展抱负。黄鹄轻举:喻高才贤士远走高飞,建立功业。

⑤ 陈登:三国时人,多豪气,身处江湖却有救世之意。许汜访之,求田问舍,言无可采,陈登鄙其为人,自卧大床,使卧下床。

⑥ 故园鸡黍:村野的丰盛饭菜,喻乡人深厚的情谊。唐孟浩然《过故人庄》:"故人具鸡黍,邀我至田家。"

⑦ 关山:漂泊旅途以笛相伴,或以笛曲《关山月》相伴。皆可通,寓乡思悲情。唐王昌龄《从军行》:"更吹羌笛关山月,无那金闺万里愁。"

辑评

清沈雄《古今词话·词评》下卷:青丘乐府,大致以疏旷见长。

陈霆 (生卒年不详)字声伯,号水南,浙江德清人,明弘治十五年(1502)进士,官刑科给事中,直率敢言,被贬六安。后起仕山西提学佥事,致仕后居渚山。工诗词文,著作百余卷,有《水南稿》《渚山堂诗话》《渚山堂词话》。

风入松

海天一览

乾坤空断海天秋,远水际天浮。望中一发青山小①,雪涛涌、万里归舟。明月双凫渺渺②,西风两鬓飕飕。　　布袍长剑走神州,三醉岳阳楼③。水晶宫里骑鲸去④,星河动,仙派回流。铁笛叫开阊阖⑤,佩环飞下瀛洲⑥。

注释

① 一发青山小:化用宋苏轼《澄迈驿通潮阁》"青山一发是中原"句意。

② 双凫:用东汉王乔化双凫归来典。《后汉书·王乔传》:"王乔者,河东人也。显宗世为叶令。乔有神术,每月朔望,常自县诣台朝。帝怪其来数而不见车骑,密令太史伺望之,言其临

至,辄有双凫从东南飞来。"

③ "三醉"句:用吕洞宾岳阳楼纵酒故事,喻豪逸情怀。唐吕岩
《绝句》:"袖里青蛇(剑)胆气粗。三上岳阳人不识。"吕岩(洞
宾)学道前为儒生。

④ "水晶宫"句:骑鲸游月宫。水晶宫,月宫。骑鲸,李白自称骑
鲸人,传说死后骑鲸而去。

⑤ 铁笛:铁制的笛子,相传隐士高人善吹之。阊阖:传说中的
天门。

⑥ 瀛洲:传说中的海上三神山之一,代指仙境。

辑评

清纪昀等《四库全书总目提要》:惟诗余一体较工,其豪迈激
越,犹有苏、辛遗范。

杨慎 (1488—1559)字用修,号升庵,新都(今属四川)人。明正德六年(1511)进士第一,授翰林修撰。嘉靖时充经筵讲官。直言极谏,两受廷杖,谪戍云南礼昌尉。卒于贬所。著作之富为明代第一。有《升庵集》《升庵长短句》。

临江仙

《廿一史弹词》第三段说秦汉开场词①

滚滚长江东逝水,浪花淘尽英雄②。是非成败转头空。青山依旧在,几度夕阳红。 白发渔樵江渚上③,惯看秋月春风④。一壶浊酒喜相逢⑤,古今多少事,都付笑谈中。

注释

① 《廿一史弹词》:杨慎所作长篇弹词,以正史记载故事为依据。此词被清初毛宗岗父子借用作《三国演义》卷首语。

② "浪花"句:宋苏轼《念奴娇》(赤壁怀古)词中有:"大江东去,浪淘尽,千古风流人物。"

③ 渔樵:渔夫和樵夫。江渚:江湾。

④ "惯看"句:苏轼《前赤壁赋》:"唯江上之清风,与山间之明月,耳听之而为声,目寓之而成色。"此用其意。

《**临江仙**》（滚滚长江东逝水）

⑤ 浊酒：用糯米、黄米等酿制的甜酒,较浑浊。

辑评

清陈廷焯《白雨斋词话》卷三：用修小令,合者有五代人遗意,而时杂曲语,令读者短气。

清胡薇元《岁寒居词话》：明人词,以杨用修升庵为第一。

彭孙贻 (生卒年不详)字仲谋,一字羿仁,海宁(今属浙江)人。选贡生。与同邑吴蕃昌创瞻社,为名流所重。因痛其父殉国难,终一身不仕,奉母杜门以居。著有《茗斋集》。词有《茗斋诗余》二卷。

西　河

金陵怀古次美成韵①

龙虎地②,繁华六代犹记③。红衣落尽祇洲前④,一双鹭起。秦淮日夜向东流,澄江如练无际⑤。　　白门外⑥,枯杙倚⑦,楼船杮楲难系⑧。石头城坏,有燕子、衔泥半垒⑨。倡家犹唱《后庭花》⑩,清商《子夜》流水⑪。　　卖花声过春满市。闹红楼、烟月千里。春色岂关人世,任野棠无主、流莺成对,衔入临春故官里⑫。

注释

① 美成:宋词人周邦彦,字美成,号清真居士。

② 龙虎地:地势险要,此指金陵。《太平御览》卷一五六《州郡》引张勃《吴录》:"刘备曾使诸葛亮至京,因睹秣陵(今南京)山阜叹曰:'钟山龙盘,石头虎踞,此帝王之宅。'"

③ 六代:三国时孙吴以及后来的东晋、宋、齐、梁、陈六个朝代,先后定都金陵,故称六代。

④ 祇(qí)洲:大的沙洲。此指金陵西南长江中的白鹭洲。

⑤ 澄江如练:谢朓《晚登三山还望京邑》诗中有"澄江静如练"之句。

⑥ 白门:南朝宋都建康(金陵)城西门。代指金陵。

⑦ 枯杗(yì):枯瘦的树杗。

⑧ 朽橛:腐烂的小木桩。

⑨ "石头城"句:国家已亡而风景如故,寓兴亡慨叹。石头城,即金陵。战国楚威王置金陵邑,汉建安十六年,孙权徙治秣陵,改名石头,故址在今南京市西石头山后,故称。唐刘禹锡《金陵五题》感慨六朝亡乱:"旧时王谢堂前燕,飞入寻常百姓家。"

⑩ 《后庭花》:即《玉树后庭花》,陈后主所作,后人视为亡国之音。唐杜牧《夜泊秦淮》:"商女不知亡国恨,隔江犹唱《后庭花》。"

⑪ "清商"句:谓金陵于漫妙歌舞中亡乱相续。清商,乐调。南北朝时,中原旧曲及江南吴歌、荆楚西曲,统称清商曲。子夜,曲名,相传为晋女子子夜所作。《乐府诗集》引《乐府解题》:"后人更为四时行乐之词,谓之子夜四时歌。"

⑫ 临春:阁名。陈后主至德二年于光照殿前建临春、结绮、望春三阁,皆以沉香木为之。后主自居临春阁,张贵妃居结绮阁,龚、孔二贵嫔居望春阁,皆有复道交相往来。隋兵入金

陵,尽焚。

辑评

清吴衡照《莲子居词话》卷三:(彭孙贻)词力主两宋,秾致学黄鲁直,高峭近姜石帚。视难弟羡门先生,殆无多让。间尝论明人词好亦似曲,求其辞不伤雅,调不落卑,无雕巧之痕,无叫嚣之习,茗斋而外,盖鲜其俦。今人知羡门《延露》之词,而不知茗斋之词之工。知茗斋古今体诗之妙,而不知其词之殆过于诗也。

张煌言　(1620—1664)字玄箸,号苍水,鄞县(今浙江宁波)人。崇祯壬午(1642)年举人。著名抗清义军将领。南明鲁王监国,赐进士,加翰林院编修,擢右佥都御史,进兵部右侍郎。在浙东沿海一带坚持抗清十九年。康熙三年(1664),滇南平定,乃遣散部曲,入普陀为僧。因叛徒出卖,就义于杭州。有《张苍水集》。

柳梢青

锦样江山,何人坏了,雨嶂烟峦。故苑莺花,旧家燕子①,一例阑珊。　　此身付与天顽②,休更问、秦关汉关③。白发镜中,青萍匣里④,和泪相看。

注释

① 旧家燕子:暗指燕王朱棣的子孙后代。唐刘禹锡《乌衣巷》诗:"旧时王谢堂前燕,飞入寻常百姓家。"

② 天顽:天性顽劣,指抗清志节不移。

③ 秦关汉关:此指沦陷的明朝江山。

④ 青萍:名剑。《抱朴子·博喻》:"青萍、豪曹,剡锋之精绝也。操者非羽越,则有自伤之患焉。"

辑评

清郭则沄《清词玉屑》卷一：张苍水《柳梢青》词，亦激昂慷慨，其词云云。当其荒波龙徙，绝岛猿依，留眼看天，立身无地，宜有此孤愤之作。

赵尊岳《惜阴堂汇刻明词提要》：遗集附六词，风格搴举，雅韵欲流。《柳梢青》云云，可以窥见一斑矣。

吴易 （1612—1646）字日生，号惕庵。吴江（今属江苏）人。崇祯二年（1629）入复社。十六年，中进士。次年北都失守，谒史可法于扬州，授职方主事。又以史可法荐，督饷吴中。未几，唐王授兵部右侍郎兼右佥都御史，总督江南诸军，进为兵部尚书。鲁王亦授兵部侍郎，封长兴伯。顺治三年（1646）被执，拒降，被戮于杭州。著有《东湖集》、《北征小咏》词一卷。

渡江云

中秋无月

唤吴刚何在，凭将玉斧①，为我扫丰隆②。道天公老去，愁见今秋，不比往时同。兴亡满眼，齐州恨、九点烟空③。那堪照、秦关汉苑，楚殿与吴宫。朦胧，银河影没，珠斗光收④，深锁霓裳梦⑤。最断魂、绕枝惊鹊，失侣哀鸿。何年赴琼楼旧约⑥，横铁笛、骖凤骖龙⑦。挽东海，为伊洗出瞳眬⑧。

注释

① "唤吴刚"二句：传说汉西河人吴刚，学仙有过，罚斫月中桂树。事见段成式《酉阳杂俎·天咫》。

② 丰隆：神话中的云师。《离骚》有"吾令丰隆乘云兮"句。

③ 九点烟:谓自高处俯视九州,如烟九点。唐李贺《梦天》诗:"遥望齐州九点烟,一泓海水杯中泻。"

④ 珠斗:北斗。

⑤ 霓裳梦:指沉湎于歌舞享乐。唐白居易《长恨歌》:"渔阳鼙鼓动地来,惊破霓裳羽衣曲。"

⑥ 赴琼楼旧约:出乎尘世,复归仙界。宋苏轼《水调歌头》词中有:"我欲乘风归去,又恐琼楼玉宇,高处不胜寒。"此用其句意。

⑦ 骖凤骖龙:指乘凤驾龙。骖,三匹马同驾一车。

⑧ 曈昽:月光。

辑评

赵尊岳《惜阴堂汇刻明词提要》:(《北征小集》)词慷慨颉颃,一如其人。

摸鱼儿

浙江潮①

问天吴②、鞭江驱海,为谁簸弄如许③。一丝练影摇天末④,瞬息鱼龙啸舞。流传误,道白马、素车果否英雄怒⑤。訇訇雷鼓。看银阙鲸翻,雪山鳌碎,瑶岛飞仙堕⑥。　　　伤心事，断送赵郎残祚，鸱夷巨手何处⑦。霸图牛斗曾雄踞，气压回澜万弩⑧。今又古，只恐怕、蓬莱清浅迷归路⑨。归时记取。有精卫心疑⑩，麻姑眼老，桑海见朝暮⑪。

注释

① 浙江潮：钱塘江潮。周密《武林旧事》："浙江之潮……方其远出海门，仅如银线，既而渐近，则玉城雪岭，际天而来，大声如雷霆，震撼激射，吞天沃日，势极雄豪。"

② 天吴：水神名。《山海经·海外东经》："朝阳之谷，神曰天吴，是为水伯。"

③ 簸弄：犹播弄、玩弄。

④ 练影：江水之影。谢朓《晚登三山还望京邑》："澄江静如练。"此指远潮。

⑤ "流传误"二句：《太平广记》卷二九一"伍子胥"条记，伍子胥因为多次进谏，吴王不纳，且将之赐死，并抛尸钱塘江。自那以后，钱塘潮汹涌，高数百尺，"时有见子胥乘素车白马在潮头之中，因立庙以祠焉。"

⑥ "瑶岛"句：形容波涛汹涌。飞仙，《十洲记》载："蓬莱山周回五千里，有圆海绕山，无风而洪波百丈，不可往来，唯飞仙能到其处耳。"瑶岛，此指蓬莱仙岛。

⑦ "断送"二句：意思是无人像范蠡助越王勾践复国那样，振起赵宋朝纲。赵郎残祚，赵宋残存的江山。祚，皇位。南宋都

248

临安,故有此语。鸱夷,鸱夷子皮,范蠡,助越王灭吴后,携西施泛五湖而去。

⑧ "气压"句:《宋史·河渠志》:"浙江通大海,日受两潮。梁开平中,钱武肃王始筑捍海塘,在候潮门外。潮水昼夜冲激,版筑不就,因命强弩数百以射潮头,又致祷胥山祠,既而潮避钱塘。"

⑨ 蓬莱清浅:晋葛洪《神仙传》记,东汉桓帝时,仙人王远降于蔡经家,召麻姑至,年十八九,甚美。自云:"接侍以来,已见东海三为桑田,向到蓬莱,水又浅于往者会时略半也,岂将复还为陵陆乎?"

⑩ 精卫:传说为炎帝少女,名女娃,游东海溺死,化为精卫鸟,常衔西山之木石,以填东海。

⑪ "麻姑"二句:沧海桑田之意,寓兴亡之慨。麻姑,传说中的女仙。参本词注⑨。

辑评

赵尊岳《惜阴堂汇刻明词提要》:饶有稼轩之风,而不流于犷悍,斯足传也。

念奴娇

渡江雪霁

江天一派,初日霁、万树千山争白。银甲霜

戈①，浑认作、缟素三军横列②。薪胆君臣③，釜舟将士④，洒尽伤时血。中原何在? 问中流古今楫⑤。回首北固金焦⑥，晴光如画，拱带金陵业⑦。虎踞龙蟠⑧，都不信、此日乾坤分裂⑨。席卷崤秦⑩，长驱幽蓟⑪，试取中兴烈⑫。妙高台上⑬，他年浩歌一阕。

注释

① 银甲霜戈:状树枝披雪貌。

② 缟素三军:将士们全都穿上了孝服,是军中统帅或君主逝世时军中装束。

③ 薪胆君臣:指越王勾践卧薪尝胆,发愤图强,终于灭吴雪耻。事见《吴越春秋》。

④ 釜舟将士:《史记·项羽本纪》载,秦末天下诸侯与秦军对垒,"项羽乃悉引兵渡河,皆沉船,破釜甑,烧庐舍,持三日粮,以示士卒必死,无一还心。"

⑤ "问中流"句:东晋初,祖逖任豫州刺史,渡江北伐苻秦,中流击楫而誓曰:"祖逖不能清中原而复济者,有如大江!"

⑥ 北固:北固山,在江苏镇江北。金焦:金山和焦山,金山在镇江西北,焦山在东北,二山对峙江边,为江防要塞。

⑦ 金陵业:指六朝(东吴、东晋、宋、齐、梁、陈)金陵的帝王霸业。

⑧ 虎踞龙蟠:形容金陵山川地势险要。

⑨ 乾坤分裂:指明朝灭亡。明末李自成率农民起义军入京,崇

祯帝在北京煤山吊死,明亡。明宗室福王、唐王、永明王、淮王等相继称帝,而关外大清入侵,问鼎中原,神州陆沉。

⑩ 崤(xiáo)秦:代指西北地区。李自成入北京立足未稳,为清军所败,向西退却。作者站在明朝立场上,故作此语。崤,崤山,有大崤山、小崤山,战国时为关中秦国东出的必由之路,地势险要,易守难攻。

⑪ 幽蓟:幽州和蓟州。幽州辖区相当于今河北北部及辽宁一带。蓟州指今河北蓟县一带。因满洲起于东北,故有此语。

⑫ 中兴烈:使朝廷重新兴盛的功业,此指反清复明事业。

⑬ 妙高台:在金山最高峰妙高峰上。宋僧了然所建。

辑评

清潘柽章《吴易传》:北都失守,易感愤作《恢复议》四篇,洞晰形势。史公可法督师淮扬,荐为兵部职方司主事,监纪军前。驰驱戎伍,甚有劳绩。

浪淘沙

成败判英雄,史笔朦胧。兴吴霸越事匆匆①。画墨零烟能几个,人虎人龙②。　　双鬓酒杯中,身世萍蓬。半窗斜月透西风。梦里邯郸还说梦③,蓦地晨钟。

注释

① 兴吴霸越:春秋时吴越争霸,吴先兴起,南侵灭越。越王勾践卧薪尝胆,励精图治,最终灭吴称霸。

② "画墨零烟"二句:意思是能在历史上留下痕迹的人物,是非常少的。纵然留有痕迹,也只不过零星如云烟的墨迹而已。人虎人龙,即人中虎,人中龙,指杰出的人物。

③ 邯郸还说梦:用邯郸梦典,指人生短暂虚幻,如梦中之梦。

辑评

清沈雄《古今词话·词评》下卷:惕庵服上刑,武林僧名敬然者,乞遗骸于张抚军,葬菜园中,为位哭之,岁时供以麦饭。犹传其《浪淘沙》绝命词"成败论英雄,史笔朦胧"云云。

吴伟业 （1609—1671）字骏公，号梅村，太仓（今属江苏）人。弱冠，举明崇祯辛未（1631）科会试第一，授翰林院编修，迁左庶子。南明时官少詹事。与马士英、阮大铖不合，假归。南都覆亡，隐居乡里十年。清顺治九年（1652），以荐奉诏，次年授秘书院侍讲，充太祖、太宗《圣训》纂修官。十三年，迁国子监祭酒。以病乞归。诗名甚著，为"江左三大家"之一。有《梅村集》、《梅村诗余》。

满江红

白门感旧

松栝凌寒①，挂钟阜②、玉龙千尺③。记那日、永嘉南渡④，蒋陵萧瑟⑤。群帝翱翔骑白凤⑥，江山缟素舳舻碧⑦。踏麻鞋⑧、血泪洒冰天，新亭客⑨。云雾锁，台城戟。风雨送，昭丘柏⑩。把梁园宋寝，烧残赤壁⑪。破衲重游山寺冷，天边万点神鸦黑⑫。羡渔翁、沽酒一蓑归⑬，扁舟笛。

注释

① 松栝：松树与桧树。

② 钟阜：即钟山。在南京。

③ 玉龙：此指积雪的树枝。

④ 永嘉南渡:指晋元帝渡江建都建业(南京),史称永嘉南渡。这里借指明都北京失守,南明重建于留都(南京)。永嘉,晋怀帝司马炽年号,公元307—312年。

⑤ 蒋陵:蒋山南麓有三国吴大帝孙权陵,此借指明朝帝陵。

⑥ "群帝"句:喻指明末建立政权的朱明皇胄纷纷覆亡。相传黄帝采首山铜铸鼎,鼎成,有龙下迎,遂骑龙飞升。此用骑凤,盖南京有凤凰台,而历史上又有萧史弄玉夫妇骑凤事,故隐约用之,以避清廷。

⑦ "江山"句:绘漫天雪花景,寓明亡之悲。缟素,白色,多指孝服,此明指雪花实暗寓孝服意。舰棱,殿堂屋角的瓦脊,因有方角棱瓣,故名。

⑧ 蹝(xǐ):曳履而行。

⑨ 新亭客:用新亭泪典,寓失国之痛。《世说新语·言语》:"过江诸人,每至美日,辄相邀新亭,藉卉饮宴。周顗中坐而叹曰:'风景不殊,正自有山河之异!'皆相视流泪。唯王丞相愀然变色曰:'当共戮力王室,克复神州。何至作楚囚相对?'"

⑩ "云雾"四句:历史遗迹如台城、昭丘等,都在风雨烟雾之中,寓成败转头成空之意。台城,一名苑城,本战国吴后苑城,故址在南京玄武湖侧。昭丘,春秋楚昭王墓,在湖北当阳东南。吴楚争霸,先后衰亡。

⑪ "把梁苑"二句:历史古迹,因战火而受灾。梁园,园囿名,在今河南开封东南。汉梁孝王筑,为游赏与延宾之所。宋寝,宋朝帝王的陵墓。赤壁,三国时曹操军与孙权、刘备联军激战处。

254

⑫ 神鸦:以祭品为食的乌鸦。

⑬ 一蓑归:只身披蓑归去,喻洒脱的隐逸生活。唐张志和《渔歌子》词:"青箬笠,绿蓑衣,斜风细雨不须归。"

辑评

《国朝名家诗余·梅村词》引杜于皇语:江山如梦,不减一声《河满》。

又引曹顾庵语:陇水呜咽,作凄风苦雨之声。少陵称诗史,如祭酒可谓词史矣。

清靳荣藩《吴诗集览》:高唱入云,兼写出作者身份。

清陈廷焯《词则》:气韵沉雄,直摩稼轩之垒。

又《白雨斋词话》卷三:东坡词豪宕感激,忠厚缠绵,后人学之,徒形粗鲁。故东坡词不能学,亦不必学。惟梅村高者,有与老坡神似处,可作此翁后劲。如《满江红》诸阕,颇为暗合,"松栝凌寒"……三篇,尤见笔意。

满江红

读　史

顾盼雄姿,数马稍、当今谁比①。论富贵、刀头取办②，只应如此。十载诗书何所用，如吾老死沟中耳③。愿君侯、誓志扫秦头④，如江水。　　　烽火静，淮淝垒⑤。甲第起，长安里⑥。尚轻他绛灌⑦，何知程李⑧。挥麈休谈边塞事⑨，封侯拂袖归田里。待公卿、置酒上东门⑩，功成矣。

注释

① 马稍(shuò)：一种似矛的武器，用于马上搏杀，故称。

② "论富贵"句：用拼死搏杀来换取富贵。

③ 老死沟中：老死于无用之地，即默默无闻地死去。

④ 秦头：秦地边塞。

⑤ 淮淝垒：淮水、淝水边的军营。淮水、淝水为中原地区河流，这里淮淝一带军营平静，指中原一带已为清军占领。

⑥ 长安：这里借称明都北京。

⑦ 绛灌：汉绛侯周勃与颍阴侯灌婴，两人佐高祖刘邦，累立军功，为汉初名将。《史记·淮阴侯列传》："(韩)信由此日夜怨望，居常鞅鞅，羞与绛、灌等列。"

⑧ 程李：汉代边郡名将程不识和李广。《史记·魏其武安侯列传》："灌夫曰：'斩头陷匈，何知程李乎！'坐乃起更衣，稍稍去。"

⑨ 挥麈：挥动拂尘以驱蚊蝇等，是魏晋时清谈名流装束。《世说新语·容止》："王夷甫容貌整丽，妙于谈玄。恒捉玉柄麈尾，

与手都无分别。"

⑩ 东门：东城门。乐府民歌《东门行》叙述贫民铤而走险事。此暗寓义士反清复明之举。

辑评

《国朝名家词余·梅村词》引邓孝威语：写得豪情雄气，鼻端火出。大丈夫草檄枕戈，取黄金印如斗大，意气不应如是耶？

又引孙无言语：气如虹霓，发声若巨钟。"十载诗书"二语，更极凄壮。

清沈雄《古今词话·词评》下卷：王阮亭曰：娄东吴祭酒长短句，能驱使南北史，为体中独创。小词流丽稳贴，不徒直逼幼安也。

清陈廷焯《词则》：笔势壮浪，似赠将帅之作，而以"读史"命题，或所赠者非人，故讳之也。

贺新郎

病中有感

万事催华发。论龚生、天年竟夭①，高名难没。吾病难将医药治，耿耿胸中热血。待洒向、西风残月。剖却心肝今置地②，问华佗、解我肠千结③？ 思往恨，倍凄咽。   故人慷慨多奇节④。为当年、沉吟不断，草间偷活。艾炙眉头瓜喷鼻⑤，今日须难诀绝。早患苦、重来千迭。脱屣妻孥非易事⑥，竟一钱、不值何须说。人世事，几圆缺。

注释

① 龚生：龚胜，西汉楚国彭城人，字君宾。哀帝时征为谏议大夫，迁光禄大夫。后因不满哀帝宠信董贤，出为渤海太守。王莽篡汉，强征为太子师友、祭酒。拒不受命，绝食死。

② "剖却"句：暗寓自己亦存复明之志，却被迫降清，心迹受污，无法表白。

③ 华佗：古代名医。

④ 故人：指抗清的志士仁人。

⑤ "艾炙"句：谓使酒佯狂，无法摆脱现实。唐余知古《渚宫旧事》卷五："宋厥，荆州人。常以酒犯王澄。澄叱左右捽厥。郭舒厉色谓左右：'使君醉，汝辈何敢妄动！'澄大怒，曰：'别驾狂耶？枉言我醉！'因遣炙舒眉头，搯鼻。舒跪受炙。澄意释，而厥得免。"

⑥ "脱屣"句：谓抛弃家小，遁迹方外，也不易做到。脱屣妻孥，《汉书·郊祀志》载武帝言："嗟乎，诚得如黄帝，吾视去妻子如脱屣耳。"

辑评

清尤侗《艮斋杂说》卷五：吴梅村文采风流，映照一时。及入本朝，迫于征辟，复有北山之移。予读其诗词乐府，故君之思，流连言外。及临终一词云："故人慷慨多奇节，为当年、沉吟不断，草间偷活。脱履妻孥非易事，竟一钱不值何须说。"其恨恨可知矣。

《国朝名家诗余·梅村词》引范汝受语：荣枯得丧之数，阅历已过，兴尽既返，则道心生而真理来会。然不谓气息仅存之时，吐露透脱至此。所云末后一段光明，非再来人正未易办尔。

又引孙豹人语：梅村有绝笔诗三首，与此词正可合读，要是读书人语，然亦可感矣。

清靳荣藩《吴诗集览》：此绝笔也。自怨自艾，故与钱、龚不同。

清陈廷焯《白雨斋词话》卷三：此梅村绝笔也。悲感万端，自怨自艾。千载下读其词，思其人，悲其志，固与牧斋不同，亦与芝麓辈有别。

清沈雄《古今词话·词话》卷下：《柳塘词话》曰：闻吴祭酒于临终日，殊多悔恨。作《金缕曲》有云："我病难将医药治，耿耿心中热血。待洒向西风残月。剖却心肝今置地，要华佗，解我肠千结。"又："故人慷慨多奇节。为当年沉吟不断，草间偷活。脱屣妻孥非易事，竟一钱不值何须说。"嘱后人勿乞墓志，为自题"诗人吴伟业之墓"，犹夫许衡卒于至元时。

清谢章铤《赌棋山庄词话》卷八：至梅村淮南鸡犬，眷恋故君,其《贺新凉·病中有感》云(略),不作一毫矫饰,足见此老良心。遭逢不幸,读之鼻涕下一尺,述庵奈何竟置此词于不选乎?此词关系于梅村大矣,述庵其未讲知人论世之学哉。

梁启超《饮冰室评词》丁卷:鸟之将死,其鸣也哀。梅村固知自爱者。

曹溶 (1613—1685)字秋岳,一字洁躬,号倦圃,浙江秀水(今嘉兴)人。明崇祯十年(1637)进士,授御史。明亡,参入李自成政权。入清,历官河南道御史、户部侍郎、广东右布政使、山西按察副使,丁忧不复出。康熙中,荐举博学鸿词试,以疾辞;荐修《明史》,亦不赴,终老林泉。其诗与合肥龚鼎孳齐名,人称"龚曹"。尤工长短句,卓然名家。有《静惕堂词》。

满江红

钱塘观潮

浪涌蓬莱,高飞撼、宋家宫阙①。谁荡激、灵胥一怒②,惹冠冲发③。点点征帆都卸了,海门急鼓声初发④。似万群、风马骤银鞍⑤,争超越。 江妃笑⑥,堆成雪。鲛人舞⑦,圆如月。正危楼湍转,晚来愁绝。城上吴山遮不住⑧,乱涛穿到严滩歇⑨。是英雄、未死报仇心⑩,秋时节。

注释

① 宋家宫阙:南宋定行在于杭州,邻钱塘江。

② 灵胥:钱塘江涛神,传说为伍子胥灵魂所化。

③ 惹冠冲发:引得怒发冲冠。这里形容水势汹涌。

《满江红》（浪涌蓬莱）

④ 海门:此指钱塘江入海口。

⑤ 风马:马快如风,即快马。

⑥ 江妃:江神。此指钱塘江神。

⑦ 鲛人:任昉《述异记》:"鲛人,水居如鱼,眼泣成珠。"

⑧ 吴山:在浙江杭州钱塘江北岸,春秋时为吴国南界。

⑨ 严滩:即七里滩,在浙江富春江边,汉严子陵曾隐于此垂钓。

⑩ 英雄:指伍子胥。

辑评

清孙尔准《论词绝句》:史笔梅村语太庄,雕华不解定山堂。要从遗老求佳制,一曲"观潮"最擅场。

清陈廷焯《白雨斋词话》卷六:国初曹洁躬《满江红》"钱塘观潮"云:"城上吴山遮不住,乱涛穿到严滩歇。是英雄未死报雠心,秋时节。"沉雄悲壮,笔力千钧,读之起舞。竹垞和作,已非敌手,何论余子!

又《云韶集》卷一四:此词沉雄悲壮,卓为千古名作。如目睹潮至。雄文骇俗,读之起舞。

许之渐　字纹吉，号青屿。江苏武进人。顺治十二年(1655)进士。官至御史。弹劾不避权贵。以事削官，事雪得复。有《槐荣堂诗钞》。

点绛唇

题　画

万丈飞空，素虹垂饮青山足①。涧琴相续②。一片流寒玉③。　　峭壁云开，疋练天如束④。凭吾目。乾坤一幅。不碍飞鸿鹄。

注释

① 素虹：瀑布。垂饮：相传虹能下饮，此喻瀑布下泻。

② 涧琴：以琴音拟山间溪水声。

③ 寒玉：比喻清冽的山溪。

④ 疋：同"匹"。疋练，一匹白绢，喻指瀑布。

尤侗 （1618—1704）字同人，一字展成，号悔庵，一号艮斋，又号西堂，江苏长洲（今苏州）人。少补诸生。康熙十八年（1679）举博学鸿词，授检讨，与修《明史》。居三年告归。徜徉林下二十余年。康熙南巡至苏州，侗献颂诗，迁侍讲。喜汲引才隽，名士皆与之交。其词擅名一时。有《百末词》六卷。

满江红

忆别阮亭仪部兼怀西樵考功湖上①

我发芜城②，趁竟渡、一江风涨。为寄语、池塘春草，阿连无恙③。白舫已乘东冶下④，青骢尚跃西泠上⑤。问钱塘、可接广陵潮⑥，双鱼饷⑦。　　采莲棹，湖心漾。折柳曲⑧，桥头唱。办十千兑酒⑨，余杭新酿⑩。王子正招缑岭鹤⑪，孙登也策苏门杖⑫。待归来、赠我两峰图⑬，空蒙状。

注释

① 阮亭：王士禛，字子真，一字贻上，号阮亭，别号渔洋山人，山东新城（今山东桓台）人。曾官礼部主事。西樵：王士禄，字子底，号西樵山人，山东新城（今桓台）人。累官吏部员外郎，

充河南乡试正考官。

② 芜城：即广陵(今扬州)。南朝宋竟陵王刘诞据广陵反，城池受战火之灾，后荒芜不堪，鲍照作《芜城赋》讽之，因名芜城。

③ "池塘"二句：钟嵘《诗品》引《谢氏家录》云：谢灵运极赏从弟惠连(即词中"阿连")，云："每有篇章，对惠连辄得佳语。"尝于永嘉西堂思诗，竟日不就，忽梦见惠连，即得"池塘生春草"佳句，以为神助。此处借以表达对阮亭、西樵的思念。

④ 东冶：古亭名，在南京。

⑤ 青骢：毛色青白相杂的马。西泠：桥名，在杭州西湖孤山下。

⑥ 广陵潮：广陵(今扬州)曲江潮。古时长江入海口在扬州，后渐为泥沙堆积东移，广陵潮因而渐灭。

⑦ 双鱼饷：书信问候。汉《古诗》："客从远方来，遗我双鲤鱼。呼儿烹鲤鱼，中有尺素书。"饷，馈赠。

⑧ 折柳曲：即《折杨柳》曲，多用于送别。

⑨ 办十千兑酒：以美酒招待好友。曹植《名都篇》："我归宴平乐，美酒斗十千。"

⑩ 余杭新酿：指梨花春酒。唐时杭人酿酒，趁梨花熟时，因名梨花春。

⑪ "王子"句：《太平寰宇记·缑氏县》记：仙人王子乔曾约桓良于七月七日在缑氏山岭相见。参见本书元好问《水调歌头》"缑山夜饮"注②。缑岭，在今河南偃师。

⑫ "孙登"句：孙登，三国魏人。隐居汲郡山中，居土窟，好读《易》，弹一弦琴，善啸。苏门山，在今河南辉县西北。《世说

新语·栖逸》载,晋阮籍与隐士孙登相会于苏门山,互相长啸。

⑬ 两峰:指缑岭与苏门山。

辑评

清陈廷焯《云韶集》卷一五:西堂词,情文相生,风流哀怨,令人不忍释手。

又:西堂词,秾丽中寓感慨,《骚》、《雅》变相也。

菩萨蛮

几时海上凌波去。碧云宫里偷冰柱①。携向玉台中,光争琥珀红。　　长安多热客,把玩清心骨。若问是何名,多年一老兵②。

注释

① 碧云宫:传说中的龙宫。

② "若问"二句:指水晶。清毛大瀛《戏鸥居词话》引作者所著《艮斋杂说》:"昔刘贡父在署,隔舍群武弁玩一水晶器,不识何名。贡父遥语之曰:'此多年一老兵耳。'时谓善谑。王司

马逼桓大将军饮云：'失一老兵，得一老兵。''老兵'本此。"

辑评

清徐釚《词苑丛谈》卷十一：钱塘陆云士大令家有万年冰一块，长安诸公赋之者甚众。尤悔庵云（略）。昔刘原父在署，隔舍群武弁玩一水晶器，不识何名。原父遥谓之曰："诸公勿讶，此乃多年一老冰耳。"今读悔庵此词，不觉绝倒。

陈维崧 (1625—1682)字其年,号迦陵,宜兴(今属江苏)人。清康熙十八年(1679),召试博学鸿词科,授检讨,纂修《明史》。初师云间陈子龙,又与常州邹祗谟、董文友唱和。工骈体,尤以词名,创阳羡词派,与朱彝尊、纳兰性德并称清初三大家。有《湖海楼词》。

南乡子

邢州道上作①

秋色冷并刀②,一派酸风卷怒涛③。并马三河年少客④,粗豪,皂栎林中醉射雕⑤。　　残酒忆荆高⑥,燕赵悲歌事未消⑦。忆昨车声寒易水⑧,今朝,慷慨还过豫让桥⑨。

注释

① 邢州:古州名,治所在今河北邢台。

② 并刀:并州出产的剪刀,以锋利称。此喻秋风。

③ 酸风:刺眼侵肌的冷风。

④ 三河:指河东、河内、河南三郡,在今河南北部、山西南部一带。是古都长安的畿辅之地。

⑤ "皂栎林"句:指民风剽悍。《史记·货殖列传》载,三河"地边胡,数被寇,人民矜懻忮,好气任侠,为奸不事农商"。皂

栎林,在青丘(在今山东益都)一带,春秋时齐景公曾打猎于此。

⑥ 荆高:指荆轲和高渐离。荆轲,战国时卫国人,好读书击剑,后事燕太子丹,拜为上卿,奉命入秦行刺秦王未遂,被杀。高渐离,战国时燕国人,擅长击筑,与荆轲为至交。荆轲赴秦,他到易水送别。秦灭燕后,秦始皇熏瞎其双目,令击筑。他藏铅于筑,击始皇,未中被杀。

⑦ 燕赵悲歌:指荆轲、高渐离先后行刺秦王事。唐韩愈《送董邵南序》:"燕赵古称多感慨悲歌之士。"

⑧ 车声寒易水:《史记·刺客列传》载:荆轲乘车赴秦,燕太子丹及宾客皆穿白衣着白冠送至易水,高渐离击筑,荆轲和而歌,歌曰:"风萧萧兮易水寒,壮士一去兮不复返!"歌毕乘车而去。

⑨ 豫让桥:在今河北邢台北。据《史记·刺客列传》载,豫让是春秋时智伯家臣。智伯被赵襄子所灭,国家三分。豫让漆身吞炭,准备替智伯报仇。第一次刺赵襄子未中,襄子义而释之。其后又伏桥下谋刺,被执后伏剑自刎。

辑评

清陈廷焯《白雨斋词话》卷六:谷人辈工于炼字耳。迦陵则精于炼句。如云:"秋色冷并刀,一派酸风卷怒涛。"……造句皆精警夺目,读之可增长笔力。

夜游宫

秋 怀

秋气横排万马①，尽屯在、长城墙下，每到三更素商泻②。湿龙楼③，晕鸳机④，迷爵瓦⑤。　　谁复怜卿者？酒醒后、槌床悲诧⑥。使气筵前舞甘蔗⑦。我思兮，古之人，桓子野⑧。

注释

① "秋气"句：欧阳修《秋声赋》："其气憟冽，砭人肌骨……又如赴敌之兵，衔枚疾走，不闻号令，但闻人马之行声。"此句化用其意。

② 素商：秋之别称，此处指霜。

③ 龙楼：汉代太子宫门名，此泛指宫门。

④ 鸳机：织布机。

⑤ 爵瓦：瓦檐。爵，通"雀"，有雀形图案的瓦檐。

⑥ 槌床悲诧：因悲愤而拍击座椅。床，古时的坐具。

⑦ 舞甘蔗：曹丕《典论自叙》："余尝与奋威将军邓展饮，展晓五兵，又能空手入白刃，因求与余对。时酒酣耳热，方食甘蔗，便以为杖。下殿数交，三中其臂，左右大笑。"

⑧ 桓子野：名伊，晋人，善吹笛。《世说新语·任诞篇》："桓子野每闻清歌，辄唤奈何！谢公曰：'子野可谓一往有深情。'"

辑评

清陈廷焯《白雨斋词话》卷三:其年《夜游宫》"秋怀"四章,字字精悍。如云……又"秋气横排万马。尽屯在、长城墙下。每到三更素商泻,湿龙楼,晕鸳机,迷爵瓦";又"箭与饥鸱竞快。侧秋脑、角鹰悉态";又"一派明云荐爽。秋不住、碧空中响",正如干将出匣,寒光逼人。

满江红

舟次润城谒程昆仑别驾①

此地孙刘②,想万马、川腾谷涨。公到日、雄关铁锁③,东流无恙。上党地为天下脊,使君文在先秦上④。更纵横、羽檄气偏豪⑤,筹兵饷。　　　天上月,波心漾⑥;隔江笛,楼头唱。叹江山如此,可消官酿⑦。侧帽高张临水宴⑧,掀髯勇策登山杖。踞寒崖、拂藓剔残碑,猿猱状⑨。

注释

① 润城:今江苏镇江。程昆仑:名康庄,字坦如,武乡人(今属山

272

《满江红》（此地孙刘）

西)。顺治十六年(1659)选镇江府通判。别驾:即通判,刺史
的僚属。

② 孙刘:三国时的孙权和刘备。《三国志·蜀志·先主传》载:
"先主(刘备)至京(京口镇,即润城)见(孙)权,绸缪恩纪。"

③ 铁锁:《晋书·王濬传》载:三国吴主孙皓曾以铁锁横江,企图
以此阻止晋军。

④ "上党"二句:夸赞程昆仑生于名地,文章高妙。上党,秦置上
党郡,即今山西长治。其地甚高,故云天下脊。使君,对州郡
长官的尊称,此指程昆仑。

⑤ 羽檄:古代传谕或征讨的文字。

⑥ "天上月"二句:化用宋姜夔《扬州慢》词:"二十四桥仍在,波
心荡、冷月无声。"

⑦ 官酿:官酒。

⑧ 侧帽:歪戴帽子。《周书·独孤信传》:"信在秦州,尝因猎,日
暮,驰马入城,其帽微侧。诘旦,而吏民有戴帽者,咸慕信而
侧帽矣。"

⑨ 猿猱状:言其攀援敏捷。

辑评

　　清陈廷焯《白雨斋词话》卷三:其年《满江红》诸阕,纵笔所
之,无不雄健。……又"谒程昆仑":"上党地为天下脊,使君文在
先秦上。"……此类皆极苍凉,亦极雄丽,真才人之笔。

满江红

过邯郸道上吕仙祠示曼殊①

丝竹扬州②，曾听汝、临川数种③。明月夜、黄梁一曲④，绿醅千瓮⑤。枕里功名鸡鹿塞⑥，刀头富贵麒麟冢⑦。只机房⑧、唱罢酒都寒，梁尘动⑨。

久已判，缘难共；经几度，愁相送。幸燕南赵北，金鞭双控⑩。万事关河人欲老，一生花月情偏重。算两人、今日到邯郸。宁非梦？

注释

① 邯郸：秦置邯郸郡，今属河北。吕仙祠：供祠吕洞宾的宫观。曼殊：未详，原注云"曼殊工演《邯郸梦》剧"。

② 丝竹扬州：谓扬州乃歌舞管弦繁盛之地。

③ 临川数种：汤显祖所编戏曲。汤为临川人，所作《牡丹亭》、《南柯记》、《紫钗记》、《邯郸梦》等，当时天下传唱。

④ 黄梁一曲：指《邯郸梦》，明戏曲家汤显祖所作。剧情是据唐沈既济传奇《枕中记》改编，写卢生在邯郸旅舍遇道士吕洞宾，自叹贫困，吕授一枕，生因枕入梦，于梦中享尽荣华富贵。及至醒来，主人蒸黄梁未熟。遂参破人生，随吕洞宾出家。

⑤ 醅：未滤之酒。

⑥ 鸡鹿塞：鸡塞。《汉书·匈奴传》下："送单于出朔方鸡鹿塞。"

此泛指边远之地。

⑦ "刀头"句：谓富贵源于凶险，最终不过一片显赫的坟墓。麒麟冢，石刻麒麟列于墓前，象征死者生前身份显赫。

⑧ 机房：织作间。《邯郸梦》中有《织恨》一折，叙述卢生妻崔氏没入机坊。

⑨ 梁尘动：刘向《别录》载，汉时鲁人虞公善歌，其声清哀，震动梁尘。

⑩ 金鞭双控：同骑而游。

辑评

清陈廷焯《白雨斋词话》卷三：其年《满江红》诸阕，纵笔所之，无不雄健。……又"过邯郸道上吕仙祠示曼殊"："枕里功名鸡鹿塞，刀头富贵麒麟冢。"下云："万事关河人欲老，一生花月情偏重。算两人今日到邯郸，宁非梦。"……此类皆极苍凉，亦极雄丽，真才人之笔。

满庭芳

过虎牢①

泜水东来②，荥阳西去，伤心斜日哀湍③。横鞭顾盼，又过虎牢关。叹息提兵血战④，西风响、一片刀环。英雄泪，乱山枫叶，不待晓霜丹⑤。　追攀，当日事，炎精末造⑥，遗恨灵桓⑦。又许昌迁驾⑧，不肯回銮⑨。今古兴亡转换，谁相问、剩水残山。凭高望，汉陵魏殿⑩，一样土花斑⑪。

注释

① 虎牢：古地名,在今河南荥阳汜水镇。因传周穆王押虎于此,故名。或称虎牢关,北临黄河,绝岸峻崖,为戍守要地。

② 汜水：古水名,在河南中牟县南。

③ 哀湍：哀鸣似的急流。

④ "叹息"句：秦末纷争时,刘邦、项羽曾对峙于此,血战不已。

⑤ 不待晓霜丹：枫叶不待晨霜已为鲜血染红,喻战斗惨烈。

⑥ 炎精末造：汉朝末年。炎精,即炎汉,汉朝以火德行运,故称。

⑦ 灵桓：指汉灵帝刘弘和汉桓帝刘志。桓帝在位 20 年,灵帝在位 22 年,后经少帝、献帝二朝共 34 年而汉亡。诸葛亮《出师表》中有："亲小人,远贤臣,此后汉所以倾颓也。先帝在时,每与臣论此事,未尝不叹息痛恨于桓灵也。"将后汉倾颓归咎于桓灵二帝。

⑧ 许昌迁驾：汉献帝建安元年曹操挟天子以令诸侯,迁都于许。三国魏黄初二年,改许为许昌,故址在今河南许昌。

⑨ 回銮：车驾返回宫中,此指返回故都洛阳。銮,皇帝的车驾,

因有銮铃,故称。

⑩ 汉陵魏殿:借指明朝帝王的陵墓和宫殿。

⑪ 土花:苔藓。

水调歌头

被酒与客语

老子平生事,慷慨喜交游。过江王谢子弟,填巷哄华驺①。曾记兽肥草浅,正值风毛雨血②,大猎北冈头。日暮不归去,霜色冷吴钩③。　　　今老大,嗟落拓④;转沉浮。畴昔博徒酒侣⑤,一半葬荒丘。闭置车中新妇⑥,羞缩严家饿隶⑦,说着亦堪愁。我为若起舞。若定解此不。

注释

① "过江王谢"二句:意思是与众多的豪门子弟交游。晋愍帝建兴四年,晋为前赵所灭,中原士人纷纷南渡长江避难。王谢两家高门世族也在其中。东晋建立后,王谢二家依旧为豪族。华驺,华丽的骑士、侍从。

② 风毛雨血:极言秋猎时勇猛之象。风吹兽毛,雨淋兽血。

③ 吴钩:沈括《梦溪笔谈》卷十九:"唐人诗多用吴钩者。吴钩,
  刀名也,刀弯,今南蛮用之,谓之葛党刀。"

④ 落拓:穷困失意。

⑤ 博徒酒侣:赌徒和酒友,指豪纵之友人。

⑥ 闭置车中新妇:《梁书·曹景宗传》:"今来扬州作贵人,动转
  不得。路行开车幔,小人辄言不可,闭置车中如三日新妇。
  遭此邑邑,使人无气。"此指举止不得自由。

⑦ 严家饿隶:本指书法笔势收束拘谨,此指受拘束不自由。明
  潘之淙《书法离钩》引唐太宗评王献之书法:"献之虽有父风,
  殊非新巧。字势疏瘦,如隆冬枯树,槎枒而无屈伸;笔踪拘
  束,若严家饿隶,羁羸而不放纵。"这里喻指畏缩拘束。

辑评

　　清陈廷焯《白雨斋词话》卷三:其年《水调歌头》诸阕,英姿飒爽,
行气如虹,不及稼轩之神化,而老辣处时复过之,真稼轩后劲也。

水调歌头

雪夜再赠季希韩迭前韵①

海上玉龙舞,糁作满空花②。城中十万朱户③,

琼粉乱周遮④。愁对一天飞雪，不见昨宵明月，桂影蚀金蟆⑤。短鬓飒秋叶，僵指矗枯枒⑥。　　当日事，须细忆，讵忘耶⑦。记筑球场⑧，撅笛却手复为琶⑨。纵不神仙将相，但遇江山风月，流落亦为佳。岂意有今日，侧帽数哀笳⑩。

注释

① 季希韩:季端木,余不详。迭前韵:重用前韵。前韵,指《水调歌头·夜饮季端木斋中归》一词。

② "海上"二句:状白雪满天飞舞貌。玉龙,形容飞雪。宋张元《雪》诗:"战死玉龙三百万,败鳞风卷满天飞。"糁,散落。

③ 朱户:以朱红油漆漆门之家,代指富有或地位高的人家。

④ 琼粉:指雪花。

⑤ 桂影:传说月中有桂树。金蟆:即金蟾蜍,传说月中有蟾蜍,因以指月亮。

⑥ "僵指"句:雪中的枯树枝,像冻僵的手指。枯枒,枯树枝。

⑦ 讵:何,岂,表疑问副词。

⑧ 球场:踢球场。《宋史·礼志》:"打球本军中戏……除地竖木东西为球场。"球,通毬,古代习武用具,以皮为之,中实以毛,以足踏或杖击为戏。

⑨ 撅(yè):以指按捺。

⑩ 侧帽:歪戴帽子。《周书·独孤信传》:"信在秦州,尝因猎,日

暮,驰马入城,其帽微侧。诘旦,而吏民有戴帽者,咸慕信而侧帽焉。"此处以侧帽状洒脱之貌。

辑评

清陈廷焯《白雨斋词话》卷六:"流落亦为佳",已是难堪。今则并此不能矣。"岂意"五字,悲极愤极,如闻熊啼兕吼。

朱彝尊 (1629—1709)字锡鬯(chàng),号竹垞(chá)。又号金风亭长。嘉兴(今属浙江)人。清康熙十八年(1679),举博学鸿词科,授检讨,寻入值南书房,预修《明史》。三十一年罢归,全力著述。诗名与王士禛相侔,称南北二宗。词名与陈维崧、纳兰性德相埒,称清初三大家。词宗姜夔、张炎。编有《词综》,创浙西词派,标举淳雅。有《曝书亭词》。

解佩令

自题词集

十年磨剑①,五陵结客②,把平生、涕泪都飘尽。老去填词,一半是、空中传恨。几曾围、燕钗蝉鬓③? 不师秦七,不师黄九④,倚新声、玉田差近⑤。落拓江湖⑥,且分付、歌筵红粉⑦。料封侯、白头无分!

注释

① 十年磨剑:唐贾岛《剑客》:"十年磨一剑,霜刃未曾试。今日把示君,谁有不平事。"

② 五陵结客:五陵,西汉皇帝的陵墓,在咸阳东。有长陵、安陵、阳陵、茂陵、平陵。汉代五陵多豪侠少年,此喻指在京都结交豪杰之士。

③ 燕钗蝉鬓:指美丽少女。燕钗,《洞冥记》载:"元鼎元年,起招
　仙阁,有神女留一玉钗,帝以赐婕妤。……宫人学作此钗,因
　名玉燕钗。"蝉鬓,古代女子发式。《古今注》:"魏文帝宫人绝
　所爱者,有莫琼树、薛夜来、田尚衣、段巧笑四人,日夕在侧。
　琼树乃制蝉鬓,缥眇如蝉,故曰蝉鬓。"

④ 秦七:北宋著名词人秦观,排行第七。黄九:北宋著名诗人、
　词人黄庭坚,排行第九。二人在当时词坛并驱齐名。陈师道
　《后山诗话》中说:"今代词手,惟秦七、黄九尔,唐诸人不
　迨也。"

⑤ 玉田:宋末元初著名词人张炎,号玉田。

⑥ 落拓江湖:意即流落江湖。唐杜牧《遣怀》:"落拓江湖载酒
　行,楚腰纤细掌中轻。"

⑦ 歌筵红粉:宴席上的歌女。

辑评

　　清吴衡照《莲子居词话》卷二:竹垞自云:"倚新声,玉田差
近。"其实玉田词疏,竹垞谨严;玉田词淡,竹垞精致。殊不相类。
窃谓小长芦撮有南宋人之胜,而其圆转浏亮,应得力于乐笑
翁耳。

　　清陈廷焯《白雨斋词话》卷三:竹垞词,疏中有密,独出冠时,
微少沉厚之意。其自题词集云:"不师秦七,不师黄九,倚新声、
玉田差近。"夫秦七、黄九,岂可并称。师玉田不师秦七,所以不
能深厚。不知秦七,亦何能知玉田,彼所知者,玉田之表耳。师

玉田而不师其沉郁，是买椟还珠也。

又《词坛丛话》：竹垞自题词云："不师秦七，不师黄九，倚新声、玉田差近。"此犹其谦词也。其实取法玉田，不过借径。至其自得之妙，虽玉田亦当避一席。

清丁绍仪《听秋声馆词话》卷二：太史于南北宋词兼收并采，蔚为一代词宗，顾仅以玉田自拟。自题词稿《解佩令》云（略）。集中言情诸作，羌无故实，可知即风怀诗，亦未必真有所指。

清杨懋建《京尘杂录》卷二：余读竹垞词集自题《解佩令》云云。抗节长吟，不觉唾壶击碎，呼童子起燕火，炙秫齐半瓮，慨然酹三爵。起，奋笔题门曰："燕巢岂足乐，龙性谁能忍！"乌呼，我辈钟情狂奴故态，一时呈见矣。

清钱裴仲《雨华盦词话》：吾乡朱竹垞先生自题其词曰："不师黄九，不师秦七，倚新声，玉田差近。"余窃以为未然。玉田词清高灵变，先生富于典籍，未免堆砌。咏物之作，尤觉故实多而旨趣少。咏物之题，不能不用故实。然则运化无迹，而以虚字呼唤之，方为妙手。

清李佳《左庵词话》卷上：朱竹垞自题词集有云："老去填词，一半是空中传恨。"此语不啻为侬写照。

百字令

度居庸关①

崇墉积翠②，望关门一线、似悬檐溜③。瘦马登登愁径滑④，何况新霜时候。画鼓无声⑤，朱旗卷尽，惟剩萧萧柳。薄寒渐甚，征袍明日添又。

谁放十万黄巾⑥，丸泥不闭⑦，直入车箱口⑧。十二园陵风雨暗⑨，响遍哀鸿离兽⑩。旧事惊心，长途望眼，寂寞闲亭堠⑪。当年锁钥⑫，董龙真是鸡狗⑬。

注释

① 居庸关:长城要塞之一,为明朝都城北京重要关防。故址在今北京昌平军都山上。

② 崇墉积翠:高峻的城墙掩映于丛积的树林之中。"居庸迭翠"为"燕京八景"之一。墉,城。

③ "望关门"二句:关前道路狭峻,如屋檐滴水处,形容关隘险峻。《水经注》:"(居庸)山岫层深,侧道褊狭,林障邃险,路才容轨。"溜,檐前滴水处。

④ 登登:马蹄声。

⑤ 画鼓:此指关上有纹饰的军鼓。

⑥ 黄巾:东汉末年张角领导的农民起义军,头缠黄巾。此代指李自成农民起义军。崇祯十七年(1644),李自成率军自居庸关攻入北京,明亡。

⑦ 丸泥不闭:指居庸关失陷于李自成的农民军。丸泥,即一丸泥,喻地势险峻,用丸泥封塞,即可阻敌。语本《东观汉记·隗嚣载记》:王元劝嚣背汉,曰:"元请以一丸泥为大王东封函谷关,此万世一时也。"

⑧ 车箱口:地名,即车箱渠,李自成军过此入京。

⑨ 十二园陵:即今北京十三陵,李自成过居庸时明思宗朱由检未亡,故只十二陵。

⑩ 哀鸿离兽:喻明朝覆亡后,流离失所的遗民。

⑪ 亭堠:古代瞭望敌情的岗楼。

⑫ 锁钥:喻指关防重地。

⑬ 董龙:南北朝时前秦尚书董荣之子。据《晋书·前秦载记》:董龙专权,王堕恨之,同朝不相语。人劝之,王堕曰:"董龙是何鸡狗,而令国士与之言乎?"此以董龙喻指居庸关守将。

辑评

  清郭麐《灵芬馆词话》卷二:激昂慷慨,迦陵为最。竹垞亦时用其体,如"居庸关"、"李晋王墓"诸作,直欲平视辛、刘,自出机杼。

消　息

度雁门关①

千里重关，凭谁踏遍，雁衔芦处②？乱水滹沱③，层霄冰雪，鸟道连句注④。画角吹愁，黄沙拂面，犹有行人来去。问长途、斜阳瘦马⑤，又穿入，离亭树⑥。　　猿臂将军⑦，鸦儿节度⑧，说尽英雄难据。窃国真王⑨，论功醉尉⑩，世事都如许！有限春衣，无多山店，醵酒成虚语⑪！垂杨老，东风不管，雨丝烟缕。

注释

① 康熙三年(1664)九月，朱氏在山西按察司副使曹溶处当幕僚，次年二月随曹出雁门关。词即作于此时。雁门关：在山西代县北雁门山上，一名西陉关。地势险峻，为长城要塞之一。此调本名《永遇乐》，据宋晁补之《晁氏琴趣外编》，因为从歇指调转为越调，故改词牌名为《消息》。

② 雁衔芦处：即雁门关。《代州志》载："雁门山岭高峻，鸟飞不过。惟有一缺，雁来往向此中过，号雁门。山中多鹰，雁至此，皆相待两两随行，衔芦一枝，鹰惧芦，不敢促。"

③ 滹沱：河名。源山西繁县，流经雁门东南，东至河北入海。

287

④ 句注:即雁门山,一名勾注山。

⑤ 斜阳瘦马:元马致远《天净沙》:"古道西风瘦马,夕阳西下。"

⑥ 离亭:古时官道上供行人休憩的亭子,常为送别之地。

⑦ 猿臂将军:汉名将李广。《史记·李将军列传》:"广为人长猿臂。其善射亦天性也。"尝为陇西、北地、雁门、代郡、云中太守。

⑧ 鸦儿节度:指唐末藩镇李克用。据《五代史·唐本纪》,李克用少骁勇,军中号曰李鸦儿。中和元年(881),为代州刺史、雁门以北行营节度,故称"鸦儿节度"。

⑨ 窃国真王:《庄子·胠箧》:"彼窃钩者诛,窃国者为诸侯。"真王,用韩信事。《史记·淮阴侯列传》载,韩信有相当实力后,报请刘邦任命他为"假王"以镇服齐人,刘邦窥其心事,被迫封其为真王。此指吴三桂。

⑩ 论功醉尉:《史记·李将军列传》载,李广屏野,居蓝田南山中射猎。尝夜以一骑出,从人田间饮。还至霸陵亭,霸陵尉醉,呵止广。广骑曰:"故李将军。"尉曰:"今将军尚不得夜行,何乃故也!"止广宿亭下。

⑪ 醡酒:祭奠时洒酒于地。

屈大均 （1630—1696）初名绍隆，字翁山，广东番禺人。明末诸生，曾从其师陈邦彦起兵抗清，并至永历帝行在肇庆上《中兴六大典书》，又曾为郑成功献攻金陵之策。明亡后出家为僧，法名今种，字一灵。后浪游四方，志在复明，中年反初服，复今名。工诗，与陈恭尹、梁佩兰，号岭南三大家。有《道援堂词》。

八声甘州

榆林镇吊诸忠烈①

大黄河万里卷沙来，沙高与城平。教红城明月，白城积雪②，两不分明。恨绝当年搜套，大举事无成③。长挹秦时塞④，付如箛声。　　最好榆林雄镇，似骆驼横卧，人马皆惊。更家家飞将⑤，生长有威名。为黄巾、全膏原野，与玉颜、三万血花腥⑥。忠魂在、愿君为厉⑦，莫逐流萤⑧。

注释

① 榆林镇：陕西榆林，靠近内蒙古。明成化年间置榆林卫，为长城线上军事重镇。

② "教红城"二句：即红城子，据《大清一统志》载："在固原州北

七十里,亦谓之黑城子。"白城,据《大清一统志》:"在清苑县西南三十里。"

③ "恨绝"二句:据汪宗衍《屈翁山年谱》,顺治二年(1645)秋,榆林王壮猷建义旗于园林驿,战败投城下死。"大举"指此。搜套,搜求,搜查。

④ 挹:通"揖",作揖。秦时塞:指榆林镇。秦蒙恬于此"累石为城,树榆为塞",因以为名。

⑤ 飞将:《史记·李将军列传》:"(李广)居右北平,匈奴闻之,号曰汉之飞将军,避之,数岁不敢入右北平。"此指勇武之士。

⑥ "为黄巾"二句:指王壮猷农民起义军血洒沙场战败事。黄巾,东汉末年张角领导的农民起义军,头裹黄巾,称黄巾军。

⑦ 厉:厉鬼,不屈之鬼雄。

⑧ 流萤:飞行无定的萤火虫。喻指无节操之人。

辑评

张德瀛《词徵》卷六:屈翁山中,有《九歌》、《九辩》遗旨,故以"骚屑"名篇。观其"潼关感旧"、"榆林镇吊诸忠烈"诸阕,激昂慨慷,如蒯通读乐毅传而涕泣,其遇亦可悲矣。

长亭怨

与李天生冬夜宿雁门关作①

记烧烛、雁门高处。积雪封城，冻云迷路。添尽香煤②，紫貂相拥夜深语③。苦寒如许。难和尔，凄凉句。一片望乡愁，饮不醉、垆头驼乳④。　　无处问长城旧主。但见武灵遗墓⑤。沙飞似箭，乱穿向、草中狐兔。那能使、口北关南⑥，更重作、并州门户⑦。且莫吊沙场，收拾秦弓归去⑧。

注释

① 李天生：名因笃，一字子德，陕西富平人。康熙十八年 (1679)，召试博学鸿词，授检讨。旋乞归养。雁门关：在山西代县北雁门山上，一名西陉关。地势险峻，为长城要塞之一。

② 香煤：煤炭。初为女子画眉用品，故云香煤。

③ 紫貂：此指紫貂皮制的大衣。

④ 垆头：酒店安放酒瓮的土台，借指酒店。驼乳：骆驼乳汁。

⑤ 武灵遗墓：战国赵武灵王赵雍坟墓。《史记·赵世家》载。赵武灵王在位，采取胡服骑射策略，西略胡地至榆中，北至燕、代，国力大增。

⑥ 口北关南：指张家口以北，雁门关以南。

⑦ 并州：古州名，治所在今山西太原。

⑧ 秦弓：良弓。秦地南山有檀柘，能制良弓。

辑评

　　清丁绍仪《听秋声馆词话》卷十六：集后附词一卷，远不如诗，可存者数词而已……“冬夜与李天生宿雁门关”《长亭怨慢》云（略）。

　　清郭则沄《清词玉屑》卷二：其《道援堂集》多触时忌语，附词一卷，有“冬夜与李天生宿雁门关”《长亭怨慢》云云。盖已灰心匡复，而未改灌夫口吻。

纳兰性德 （1655—1685）原名成德，字容若，满洲正黄旗人，大学士明珠之子。清康熙十五年（1676）应殿试，赐进士出身，选授三等侍卫，不久晋一等，出入扈从，颇受恩宠。与顾贞观、严绳孙、陈维崧、秦松龄等交游。喜读汉籍，尤工词。与陈维崧、朱彝尊并称清初三大家。有《纳兰词》。

如梦令

万帐穹庐人醉①，星影摇摇欲坠。归梦隔狼河②，又被河声搅碎。还睡，还睡，解道醒来无味。

注释

① 穹庐：毡帐。
② 狼河：白狼河，即大凌河，源于辽宁努鲁儿虎山，东流至锦县入辽东湾。

辑评

王国维《人间词话》："明月照积雪"、"大江流日夜"、"中天悬明月"、"黄河落日圆"，此种境界，可谓千古壮观。求之于词，唯纳兰容若塞上之作，如《长相思》之"夜深千帐灯"，《如梦令》之"万帐穹庐人醉，星影摇摇欲坠"差近之。

方中通　(1634—1698)字位伯,号陪翁,桐城(今属安徽)人。方以智次子。精于天文历算及音韵之学。其词造语奇峭,刚健气盛。存词五十首。

南乡子

江舟夜月

天浸入江流,都被玻璃镜里收①。塞雁声声穿破去,添愁,影落西风送九秋②。　　短发任科头③,洗却豪华事浪游。书卷琴囊横一剑,孤舟,芦狄萧萧不肯休。

注释

① 玻璃镜:形容平静的水面。

② 九秋:秋季。秋以月计为三,称三秋。以天计为九十,称九秋。

③ 科头:结发不戴冠。

《南乡子》（天浸入江流）

郑燮 （1693—1765）字克柔，一字近人，号板桥道人，别署郑大、风子、樗散、爽鸠氏、徐青藤门下牛马走。江苏兴化人。乾隆元年（1736）进士，任山东范县令，改潍县令，以请赈忤大吏落职南还，鬻书画为生。诗词书画皆精，为"扬州八怪"之一。有《郑板桥全集》，含《词钞》一卷，自删极严，仅存77首。

贺新郎

徐青藤草书一卷①

墨渖余香剩②。扫长笺、狂花扑水③，破云堆岭。云尽花空无一物，荡荡银河泻影。又略点、箕张鬼井④。未敢披图容易玩⑤，拨烟霞直上嵩华顶。与帝座⑥，呼相近。　　半生未挂朝衫领⑦。狠秋风、青衿剥去⑧，秃头光颈。只有文章书画笔，无古无今独逞。并无复自家门径。拨取金刀眉目割⑨，破头颅、血迸苔花冷⑩。亦不是，人间病。

注释

① 徐青藤：明代徐渭（1521—1593），号青藤，工诗书文画。

② 墨渖：墨汁，也谓墨迹。

③ 狂花扑水:形容草书笔势飞舞灵动。

④ 箕张鬼井:四星宿名。箕,箕宿有四星。张,朱雀七宿第五宿,有六星。鬼,鬼宿有四星。井,朱雀七宿中第一宿,有八星。这里喻指书法中形态各异的"点"。

⑤ 容易:草率,轻易。

⑥ 帝座:天帝的座位。

⑦ 挂朝衫:穿上朝服。朝服,大臣朝会时的礼服。

⑧ 青衿:明清时秀才常服。

⑨ 金刀:金错刀,是指书画的一种笔体。《宣和画谱·李煜》:"书作颤笔谬曲之状,遒劲如寒松霜竹,谓之金错刀。"

⑩ 苔花:苔衣。此指濡染的墨迹。

辑评

　　清陈廷焯《白雨斋词话》卷四:痛快之极,不免张眉努目。

　　又《词则·放歌集》卷六:板桥词最为直捷痛快,魄力自不可及。若再加以浩瀚之气,便可亚于迦陵。淋漓痛快。

　　又《云韶集》:板桥《贺新郎》、《念奴娇》诸长调,独往独来,目无古今。结三句淋漓痛快。

浣溪沙

老 兵

陇雨萧萧陇草长①，夕阳惨淡下边墙②。敌楼风起暮鸦翔。　　册上有名还点队，军中无事不归行③。替人磨洗旧刀枪。

注释

① 陇：陇山。《大清一统志》："在陇州西北接秦州清水县界。"

② 边墙：此指长城。

③ 行(háng)：古时兵制，二十五人为一行。

辑评

清查礼《铜鼓书堂词话》：(板桥)长短句别有意趣，其风神豪迈，气势空灵，直逼古人。

太常引

听噶将军说边外风景①

满天星露压长城，夜黑月初生，万障马嘶鸣②。

还夹杂风声雁声。　　红霞乍起，朝光满地，飞鸟立辕门③。边塞静无尘。须检点中原太平④。

注释

① 噶将军：未详，该词题后原有小字自注："讳尔玺。"则噶将军汉名应为"尔玺"。

② 万障：丛山。宋范仲淹《渔家傲》(塞下秋来风景异)词："千障里，长烟落日孤城闭。"

③ 辕门：军中将帅的营门，代指军营之门。

④ 检点：慎重。

辑评

　　陈廷焯《词则·放歌集》卷六：(起)笔力雄苍。收束亦庄雅。
　　又：塞外风景之异，直似唐贤乐府。

洪亮吉 (1746—1809)字稚存,号北江。江苏阳湖(今武进)人。乾隆五十五年(1790)进士。官翰林院编修,督学贵州。嘉庆时遣戍伊犁。后赦归,更号更生居士。少与黄景仁齐名,号"洪黄",又与孙星衍齐名,时称"孙洪"。有《洪北江全集》。词集名《更生斋诗余》。

木兰花慢

太湖纵眺

眼中何所有?三万顷①、太湖宽。纵蛟虎纵横,龙鱼出没,也把纶竿②。龙威丈人何在③?约空中、同凭玉阑干。薄醉正愁消渴④,洞庭山橘都酸⑤。

更残黑雾杳漫漫。激电闪流丸⑥。有上界神仙,乘风来往,问我平安。思量要栽黄竹,只平铺、海水几时干⑦?归路欲寻铁瓮⑧,望中陡落银盘⑨。

注释

① 三万顷:指太湖。《吴县志》:"太湖东西二百里,南北一百二十里,周五百里,广三万六千顷。"

② 纶竿:钓竿。纶,钓线。

③ 龙威丈人:传说中太湖包山上的仙人,曾献禹书于吴王阖闾。

④ 消渴：止渴。

⑤ 洞庭山：太湖中岛屿，西南称洞庭西山，东称洞庭东山，其中东山盛产红橘。

⑥ 流丸：指流星。

⑦ "思量"二句：用沧海桑田典。传说仙人麻姑亲见东海几次变为桑田。唐李商隐《华山题王母祠》云："好为麻姑到东海，劝栽黄竹莫栽桑。"此以栽竹不成，形容太湖之浩渺。

⑧ 铁瓮：铁瓮城，镇江的古称。《镇江府志》："（镇江）子城，吴大帝所筑，内外甃以甓，号铁瓮城。"

⑨ 银盘：指月。

辑评

清陈廷焯《白雨斋词话》卷五：洪稚存经术湛深，而诗多魔道。词稍胜于诗，然亦不成气候。

孙尔准　(1770—1832)字平叔,号戒庵,一号莱甫。金匮(今江苏无锡)人。嘉庆十年(1805)进士。选庶吉士,授编修。历汀州知府、江西按察使、福建布政使,安徽、福建巡抚,官至闽浙总督,加太子少保,卒赠太子太师,谥文靖。著《泰云堂集》,有《雕云词》三卷。

水调歌头

月夜登包山翠峰绝顶望太湖①

今夕是何夕②,天上玉京秋③。包仙去后④,遗却笙鹤在山头⑤。七十二峰烟翠⑥,三万千顷波浪,都作月华流。西子此中去⑦,极目少扁舟⑧。　　更何须,银汉水,洗双眸。一声吹裂霜竹⑨,唤起玉龙游。我欲乘之东下,看取玉壶天地⑩,何处有瀛洲⑪。身外且休问,醉酌碧花瓯⑫。

注释

① 包山:在江苏无锡太湖中,即洞庭西山,为道教十大洞天之第九洞天。《姑苏志》记:"以四面水包之,故名。或又谓包公尝居之。"注云:"陶隐居云包公为句容人鲍靓。"

② "今夕"句:《诗·唐风·绸缪》:"今夕何夕,见此良人。"是赞

叹、感慨良辰之意。

③ 玉京:仙都。

④ 包仙:鲍靓。《晋书·鲍靓传》载:"靓字太玄,东海人也。……
靓尝见仙人阴君,授道诀。百余岁卒。"

⑤ 笙鹤:《列仙传》载:周灵王太子晋(王子乔)好吹笙作凤鸣,后
乘白鹤飞去。后以笙鹤泛指仙人之物或遗迹。

⑥ 七十二峰:太湖中有许多小岛,号称七十二峰。

⑦ 西子:西施。相传吴灭亡后,西施随范蠡泛五湖(即太湖)
而去。

⑧ 扁舟:此指西施、范蠡所乘小船。

⑨ 霜竹:竹笛。

⑩ 玉壶天地:指仙境。《后汉书·费长房传》载:"(费长房)为市
掾,市中有老翁卖药,悬一壶于肆头。及市罢,辄跳入壶中。
市人莫之见,唯长房于楼上睹之。异焉,因往再拜,奉酒脯。
翁知长房之意其神也,谓之曰:'子明日可更来。'长房旦日复
诣翁,翁乃与俱入壶中,唯见玉堂严丽,旨酒甘肴,盈衍其中,
共饮毕而出。"

⑪ 瀛洲:海上仙境相传海上有三神山,皆作壶形,瀛洲为其一。

⑫ 碧花瓯:酒杯。

辑评

　　清《庸闲斋笔记》卷七:(孙尔准)幼年身肥,夏日苦热,则以
大缸满贮井水,身浸其中,仅露口鼻以为乐。十八岁时,自尊人

广西巡抚署中归,道钱塘江,正遇秋汛,大喜,欲观潮,放舟江心以俟。比潮至,闻万马奔腾声,急出至鹢首视之,舟人谏,不听,立未定,已为潮头卷入江中。仓猝之间,但觉浪压肩背而过,有千万斤之重。三四翻腾,遂掀于江岸,若有人舁之起者,一无所苦。公自言:"素来短视,受此大惊,卒未识潮为何状。"殊可笑也。

张维屏 (1780—1859)字子树,一字南山,号松心子。广东番禺人。道光二年(1822)进士。官黄梅、广济知县,权南康知府。与林则徐、魏源交善。通医,能书,工诗。词集名《听松庐词钞》。

东风第一枝

木 棉①

烈烈轰轰,堂堂正正,花中有此豪杰②。一声铜鼓催开,千树珊瑚齐列③。人游岭海④,见草木、先惊奇绝。尽众芳、献媚争妍,是东皇臣妾⑤。　　气熊熊⑥,赤城楼堞⑦。光烂烂,祝融旌节⑧。丹心要伏蛟龙,正色不谐蜂蝶⑨。天风卷去,怕烧得、春云都热。似尉佗、英魄难消⑩,喷出此花如血。

注释

① 木棉:树名,树高冠大,花殷红,大如瓯,花开如锦满天,花谢绵飞如柳絮。

② 豪杰:木棉亦称"英雄树"。

③ "一声铜鼓"二句:据屈大均《广东新语》载:广州东郊有南海庙,庙里有大小二铜鼓,每年二月十三祝融生日,粤人击鼓以

乐神。祠前十余株古木棉,亦于此朝盛开。又载:"自牂牁江而上至端州,自南津、清岐二口上至四会,夹岸多是木棉,身长十余丈,直穿古榕而生,千枝万条,如珊瑚琅玕丛生,花垂至地。"

④ 岭海:岭南两广地区,北依五岭南临大海,故称。

⑤ 东皇:此指东君,传说中的司春之神。

⑥ 气熊熊:《广东新语》:"木棉光气熊熊,映颜面如赭。"熊熊,旺盛的样子。

⑦ 赤城:在浙江天台北,山上赤石屏列如城,远望如霞。这里用赤城楼堞状木棉盛开时景。

⑧ 祝融:传说中的火神。

⑨ "正色"句:色纯正不杂。蜂蝶,喻指浅薄俗媚者。

⑩ 尉佗:即赵佗,曾于秦汉间平定粤地,称南越王,后被汉灭。因其尝为南海尉,故称尉佗。

蒋春霖 (1818—1868)字鹿潭,江苏江阴人。少能诗,时人以"乳虎"目之。家道中落,咸丰元年(1851),任两淮盐运使东台分司富安场大使。五年后移家东台,居水云楼。咸丰十年,移居泰州。同治七年(1868),偕姬人黄婉君赴衢州,卒于吴江。有《水云楼词》二卷。

木兰花慢

江行晚过北固山①

泊秦淮雨霁②,又灯火、送归船。正树拥云昏③,星垂野阔④,暝色浮天。芦边夜潮骤起,晕波心、月影荡江圆⑤。梦醒谁歌楚些⑥,泠泠霜激哀弦⑦。　婵娟,不语对愁眠⑧。往事恨难捐。看莽莽南徐⑨,苍苍北固,如此山川!　钩连、更无铁锁⑩,任排空、樯橹自回旋⑪。寂寞鱼龙睡稳⑫,伤心付与秋烟。

注释

① 北固山:在江苏镇江北。

② 秦淮:秦淮河,在江苏南京入长江。

③ 树拥云昏:入夜丛林景色。唐杜甫《返照》:"归云拥树失

307

山林。"

④ "星垂"句:旷野星空景色。杜甫《旅夜书怀》:"星垂平野阔,月涌大江流。"

⑤ "晕波心"句:化用宋姜夔《扬州慢》"波心荡,冷月无声"意境。

⑥ 楚些(suò):楚地乐歌,其声哀婉。《楚辞·招魂》句末皆有"些"字,为语助词,乃楚人习语。

⑦ 泠泠:这里形容声音清亮激越。

⑧ 对愁眠:唐张继《枫桥夜泊》:"江枫渔火对愁眠。"

⑨ 南徐:指镇江。南朝宋时以江南晋陵地为南徐州,治京口(即镇江)。

⑩ "钩连"句:《晋书·王濬传》载:三国吴主孙皓曾以铁锁横江,企图以此阻止晋军。

⑪ 樯橹:代指英军大舰。

⑫ "寂寞"句:状江面沉静貌。杜甫《秋兴八首》之四:"鱼龙寂寞秋江冷。"

辑评

清陈廷焯《白雨斋词话》卷五:似此皆精警雄秀,造句之妙,不减乐笑翁(张炎)。

又:《词则·大雅集》卷六:"圆"字警绝,不减"平沙(长河)落日圆"也。("看莽莽"以下):淋漓大笔。

周星誉 (1826—1884)字叔云,一字叔畇,号芝乡,又号鸥公。河南祥符(今开封)人。寓居绍兴。道光三十年(1850)进士。选庶吉士,授编修,累官至两广盐运使,兼署广东按察使。工诗词及骈文,尤善画。著《鸥堂剩稿》、《鸥堂日记》等。词集名《东鸥草堂词》。

永遇乐

登丹凤楼怀陈忠愍公①

放眼东南,苍茫万感、奔赴栏底。斗大孤城②,当年曾此、笳鼓屯千骑。劫灰飞尽③,怒潮如雪,犹卷三军痛泪。满江头,阵云团黑,蛟龙敢啮残垒。登临狂客,高歌散发,唤得英魂都起。天意倘教、欲平此虏④,肯令将军死! 只今回首,笙歌依旧,一片残山剩水⑤。伤心处,青天无语,夕阳千里。

注释

① 丹凤楼:原在上海县县城东北角城墙上,下临黄浦江。陈忠愍公:陈化成。鸦片战争时,他调任江南提督,于吴淞口铸钢炮,修炮台,积极练兵设防。道光二十二年(1842)六月英舰进犯,他下令开炮,伤敌八舰,却因两江总督牛鉴从宝山溃

逃,他孤军奋战,与所属官兵壮烈殉国。谥忠愍。

② 斗大孤城:指旧上海县城,方如斗,甚小。

③ 劫灰飞尽:喻战火熄灭。此指英军犯境陈化成阵亡事。

④ 此虏:指入侵的外国军队。

⑤ 残山剩水:残破的山河。

辑评

张德瀛《词徵》卷六:周叔昀(星誉)词,如仙人炼汞,九转初成。

文廷式 (1856—1904)字道希,号云(一作芸)阁,又号罗霄山人、纯常子。江西萍乡人。光绪十六年(1890)进士。授翰林院编修,充国史馆协修、会典馆纂修。擢翰林院侍读学士。因弹劾李鸿章革职。光绪二十六年(1900)去日本。回国后,在上海参加筹组"爱国会"。淹通经、史及哲学、文学、佛藏、自然科学。能词。词集名《云起轩词》。

浪淘沙

赤壁怀古

高唱"大江东"①,惊起鱼龙。何人横槊太匆匆②。未锁二乔铜雀上,那算英雄③。　　杯酒酹长空④,我尚飘蓬。披襟聊快大王风⑤。长剑几时天外倚,直是崆峒⑥。

注释

① 大江东:指宋苏轼《念奴娇·赤壁怀古》词,因首句"大江东去",后人遂以"大江东"称《念奴娇》。

② 横槊:指横槊赋诗的曹操。苏轼《前赤壁赋》:"(曹操)横槊赋诗,固一世之雄也,而今安在哉!"槊,长矛。

③ "未锁"二句:未能以铜雀台贮二乔,则曹操不能称为英雄。二乔,大乔、小乔。《三国志·吴·周瑜传》载周瑜为孙策中

护军,领江夏太守,从攻皖。时桥公二女皆国色,策纳大乔(桥),瑜纳小乔(桥)。铜雀,铜雀台,建安十五年(210)冬曹操建,在河北临漳西南古邺城西北。杜牧《赤壁》诗云:"东风不与周郎便,铜雀春深锁二乔。"

④ "杯酒"句:苏轼《念奴娇·赤壁怀古》末句云:"人间如梦,一尊还酹江月。"此用其意。酹,以酒洒地为祭。

⑤ "披襟"句:战国宋玉《风赋》:"楚襄王游于兰台之宫,宋玉、景差侍。有风飒然而至,王乃披襟而当之,曰:'快哉,此风。寡人所与庶人共者耶?'宋玉对曰:'此独大王之风耳,庶人安得而共之。'"披襟,敞开衣襟。大王风,宋玉所谓雄风。

⑥ "长剑"二句:宋玉《大言赋》:"长剑耿耿倚天外。"崆峒,山高峻貌。这里形容长剑倚天,直插云霄的样子。

辑评

陈锐《袌碧斋词话》:文道羲词,有稼轩、龙川之遗风,唯其敛才就范,故无流弊。

望江南

游侠好,纵猎玉骢骄①。金弹戏抛林外雀②,珠弓曾射水中蛟③。千里极萧条。

注释

① 玉骢:玉花骢,唐玄宗所骑骏马。后泛指骏马。

② "金弹"句:唐李商隐《富平少侯》:"不收金弹抛林外。"此用其字面。金弹,金制的弹子。《西京杂记》载:"韩嫣以金为弹丸,一日失数十,每出,儿童随之。"

③ 珠弓:镶珠之弓。喻其珍贵。

辑评

胡先骕《评云起轩词钞》:盖其风骨遒上,并世罕睹,故不从时贤之后,局促于南宋诸家范围之内,诚如所谓美矣善矣。

永遇乐

秋 草

落日幽州①,凭高望处,秋思何限。候雁高鸣,惊麏昼窜②,一片飞蓬卷③。西风万里,逾沙越漠,先到斡难河畔④。但苍然⑤,平原目极,玉关消息初断⑥。　　千年只有,明妃冢上,长是青青未染⑦。

《永遇乐》（落日幽州）

闻道胡儿，祁连每过，泪落笳声怨⑧。风霜顿改，关河犹昔，汗马功名今贱⑨。惊心是，南山射虎⑩，岁华易晚。

注释

① 幽州：今河北北部及辽宁西部一带，为古九州之一。

② 麕(jūn)：即"麇"，獐子。其性胆怯易惊，故言"惊麕"。

③ 飞蓬：飘飞的蓬草。

④ 斡难河：黑龙江的上游。元世祖曾于此即帝位。

⑤ 苍然：秋后草枯的辽阔草原。

⑥ 玉关：玉门关，在甘肃，为通往西域门户。

⑦ "明妃冢"二句：明妃，指王昭君(避司马昭讳改明君)。汉元帝时，昭君和亲匈奴，死后葬于其地。传说其墓草常青，呼为青冢。未染，没有染上秋色。

⑧ "闻道"三句：古时匈奴强盛时，占有燕支(胭脂)山，产胭脂草，后为汉所驱，遂作歌："失我燕支山，使我妇女无颜色。"祁连，祁连山。在今甘肃西部和青海东北部。

⑨ 汗马功名：显赫的战功。汗马，战马因驰骋而流汗，喻征战劳苦。

⑩ 南山射虎：用汉李广典。《史记·李将军列传》载，李广屡建战功，却不得封侯，去职后，于蓝田山打猎，曾亲自猎杀老虎。

辑评

冒广生《小三吾亭词话》卷一：故其所作云起轩词，浑脱浏漓，有出尘之致。亦可谓出其余事，足了千人者矣。

王鹏运手批《云起轩词抄》：此极似曹珂雪"和竹垞雁门关"一首，其用意、用笔，各有独到处。

又：后遍（片）源出稼轩。

王鹏运 （1848—1904）字幼遐，号半塘，晚号骛翁、半塘僧骛。临桂（今广西桂林）人。祖籍浙江绍兴。同治九年（1870）举人。历官内阁侍读、监察御史、礼科给事中。光绪二十八年（1902）归主扬州仪董学堂。词名甚著，为晚清四大家之一，开"临桂派"。有《半塘定稿》。

满江红

送安晓峰侍御谪戍军台①

荷到长戈，已御尽、九关魑魅②。尚记得、悲歌请剑，更阑相视③。惨淡烽烟边塞月，蹉跎冰雪孤臣泪。算名成、终竟负初心④，如何是？　　天难问⑤，忧无已⑥。真御史，奇男子。只我怀抑塞，愧君欲死。宠辱自关天下计，荣枯休论人间世⑦。愿无忘、珍惜百年身，君行矣。

注释

① 安晓峰：字维峻，字晓峰，甘肃秦安人。光绪六年（1880）进士，光绪十年任御史，不到一年时间里，先后上六十余疏，反对慈禧太后控制光绪。又言李鸿章"平日挟外洋以自重"，挟制朝廷。光绪十二年末，被谪戍张家口军台。

② "荷到"二句：指安晓峰在任御史期间，不顾安危，屡次上章的行为。九关，九天之关或九重天门，此喻朝廷。

③ "尚记得"句：指光绪十九年（1893）年七月，作者与安联名弹劾李鸿章事。请剑，《汉书·朱云传》载：汉成帝时，槐里令朱云上书请借尚方宝剑以斩安昌侯张禹。

④ "算名成"句：意思是安晓峰因直谏获罪，虽成就其英名，却不是他的本意。安晓峰以直言获罪，声震中外，人多荣之。访问者萃于门，饯送者塞于道，或赠以言，或资以赆。车马饮食，众皆为供应。

⑤ 天难问：唐杜甫《暮春江陵送马大卿公恩命赴阙下》："天意高难问，人情老易悲。"

⑥ 忧无已：忧心难收。宋范仲淹《岳阳楼记》："居庙堂之高，则忧其民；处江湖之远，则忧其君。"此处赞誉安晓峰始终以国家社稷为重。

⑦ 荣枯：本指草木的茂盛与枯萎，此喻人生的穷达盛衰。

辑评

清郭则沄《清词玉屑》卷六：安晓峰侍御惟峻，亦以劾合肥相国谪戍军台。其疏言合肥辇巨金储于外域，其子且为异国粉侯，皆村野无识之谈。然一时直声震海内，王半塘填《满江红》送之云云。颇为侍御扼腕。

谭嗣同 (1865—1898)字复生,号壮飞。湖南浏阳人。光绪二十二年(1896)为候补知府,在南京候缺。好任侠,善剑术。中日甲午海战后,在浏阳倡立新学社,创"南学会",办《湘报》,宣传变法思想。二十四年入京,授四品衔军机章京,参与康、梁变法,被捕遇害。为"戊戌六君子"之一。能文,工诗,词仅一首。风格雄健。有《谭嗣同全集》。

望海潮

自题小照①

曾经沧海,又来沙漠②,四千里外关河。骨相空谈③,肠轮自转④,回头十八年过。春梦醒来么?对春帆细雨,独自吟哦。唯有瓶花,数枝相伴不须多。寒江才脱渔蓑⑤。剩风尘面貌⑥,自看如何?鉴不因人⑦,形还问影,岂缘醉后颜酡⑧。拔剑欲高歌。有几根侠骨,禁得揉搓?忽说此人是我,睁眼细瞧科⑨。

注释

① 此词作于光绪八年(1882)。时作者随父继洵在甘肃。

② "曾经"二句:慨叹生活变动巨大,寓沧桑之意。唐元稹《离

思》："曾经沧海难为水,除却巫山不是云。"词人十三岁前后随父在西北住过,十五岁回湖南就师读书,此时是再返兰州一带。

③ 骨相:人的骨骼、体貌,古时相术以此测人命运。

④ "肠轮"句:忧愁不展意。古乐府《古歌》："心思不能言,肠中车轮转。"

⑤ "寒江"句:用唐柳宗元《江雪》"孤舟蓑笠翁,独钓寒江雪"诗意。

⑥ 风尘:指行旅劳顿。

⑦ 鉴不因人:唐太宗有以人为镜,可以知得失的话。这里是得失自心知的意思。

⑧ "形还"二句:形影相吊意。唐李白《月下独酌》："举杯邀明月,对影成三人。月既不解饮,影徒随我身。"颜酡(tuó),因饮酒而面红。《楚辞·招魂》："美人既醉,朱颜酡些。"

⑨ 科:即科介,传统戏剧中指表演动作。

辑评

　　清谭嗣同《石蜀影庐笔识之五十》:性不喜词,以其靡也。忆十八岁作《望海潮》词自题小照,尚觉微有气骨。

秋瑾　（1878—1907）字竞雄，自号鉴湖女侠。浙江山阴人。家世仕宦，少长闽中，后随父赴湘，适湘乡王廷钧，随居京师。曾东渡日本留学。归国后，主讲浔溪学校，倡办《中国女报》，督办大通学校，以反清革命遇害。有《秋瑾集》。

满江红

　　小住京华，早又是、中秋佳节。为篱下、黄花开遍[1]，秋容如拭。四面歌残终破楚[2]，八年风味徒思浙。苦将侬、强派作蛾眉。　　身不得，男儿列，心却比，男儿烈。算平生肝胆，因人常热。俗子胸襟谁识我，英雄末路当磨折。莽红尘、何处觅知音，青衫湿[3]。

注释

① "为篱下"句：晋陶渊明《饮酒》其四："采菊东篱下，悠然见南山。"此以菊开指秋季来临。

② "四面"句：用项羽四面楚歌典。寓自己胸中愤懑不平。

③ 青衫湿：唐白居易《琵琶行》谓自己听完琵琶女演奏后："座中泣下谁最多，江州司马青衫湿。"此指堕泪神伤。

辑评

　　陈象恭《秋瑾年谱》:光绪二十九年癸卯,二十八岁。是年中秋,秋瑾曾身穿男装到戏园观剧,轰动当时北京社会,招来王廷钧一顿打骂。她一怒之下,走出阜成门外,在泰顺客栈住下。王廷钧只得央请吴芝瑛把她接到吴家新宅纱帽胡同暂住。秋瑾激愤之余,填《满江红》一阕云云。

黄人　(1866—1913)初名振元,字慕韩,号慕庵,中年改今名,字摩西。江苏昭文(今常熟)人。十六岁为诸生。光绪二十六年(1900)受聘为东吴大学堂文学教习。宣统元年(1909)入"南社"。于书无所不读,有奇才。少时与吴梅齐名。编有《中国文学史》数十册。有《摩西词》八卷。

木兰花慢

问情为何物,深似海,几人沉?算麝到成尘①,蚕空遗蜕②,生死相寻。英雄拔山盖世,也喑哑叱咤变哀吟③。何况痴男怨女,天荒地老愔愔④。　　沾襟。有千丝万缕系双心。总慧多福少,别长会短,欢浅愁深。无论人间天上⑤,便一般煮鹤与焚琴⑥。牛女离长间岁⑦,纯狐寡到如今⑧。

注释

① 麝到成尘:余香不断的意思。唐温庭筠《达摩支曲》:"捣麝成尘香不灭,拗莲作寸丝不绝。"

② 蚕空遗蜕:蚕吐完丝之后,只剩下所蜕之皮。唐李商隐《无题》:"春蚕到死丝方尽。"此化用其意。

③ "英雄"二句:咏项羽虞姬事。秦末项羽与刘邦争天下,终被

围垓下,四面楚歌,乃于帐中对虞姬悲歌:"力拔山兮气盖世,时不利兮骓不逝。骓不逝兮可奈何,虞兮虞兮奈若何!"见《史记·项羽本纪》。喑(yìn)哑,发怒吼叫。《史记·淮阴侯列传》:"项王喑恶叱咤,千人皆废。"

④ "天荒"句:天荒地老,极言历时久远。

⑤ 人间天上:整个乾坤世界。白居易《长恨歌》:"天上人间会相见。"

⑥ 煮鹤焚琴:杀风景,喻指糟蹋美好事物。《类说》卷五十七"杀风景"条:"《李义山杂纂》其一曰:……烧琴煮鹤,对花饮茶……皆用杀风景之语。"

⑦ "牛女"句:传说牛郎织女私自相恋违天律,被罚隔河相望,一年仅得会面一次。

⑧ 纯狐:指嫦娥。传说嫦娥窃取不死之药奔月而为月精,与夫永别,故曰"寡到如今"。